Rebecca Perkins

Unstillbare Sinnlichkeit

Lust auf anrüchige Abenteuer

Erotische Geschichten

Blue Panther Books

BLUE PANTHER BOOKS TASCHENBUCH
BAND 2953
1. AUFLAGE: OKTOBER 2025

VOLLSTÄNDIGE TASCHENBUCHAUSGABE
ORIGINALAUSGABE

LEKTORAT: MARIE GERLICH

COVER:
© SLINKY @ DEPOSITPHOTOS.COM
UMSCHLAGGESTALTUNG: MT DESIGN
GESETZT IN DER TRAJAN PRO UND ADOBE GARAMOND PRO

PRINTED IN POLAND
ISBN 978-3-7507-5138-5
WWW.BLUE-PANTHER-BOOKS.DE

HERSTELLER: BLUE PANTHER BOOKS OHG
OSTERFELDSTRASSE 12-14 | 22529 HAMBURG | DEUTSCHLAND
E-MAIL: INFO@BLUE-PANTHER-BOOKS.DE

INHALT

Mit dem Gutschein-Code

RP31TBSMWA

erhalten Sie auf **www.blue-panther-books.de** diese exklusive Zusatzgeschichte als E-Book in den Formaten PDF, E-PUB und Kindle. Registrieren Sie sich einfach online oder schicken Sie uns die beiliegende Postkarte ausgefüllt zurück!

Erniedrige mich!

Herrlich. Endlich hatte Christian das ideale Geschenk für seinen Patensohn Niklas gefunden: einen Mini-Radlader. Der süße Dreijährige würde bestimmt im Dreieck springen. Baustellen und Baustellenfahrzeuge waren seine Welt. Stundenlang besuchte seine Mutter mit ihm Baustellen. Dann stand er vor den Absperrzäunen und schaute zu, wie die Bauarbeiter ihren Job machten. Zu Hause spielte er alles nach. Sein Zimmer glich auch schon einer Baustelle. Zwar kaufte Christian auch neue Sachen, aber er suchte gern im Netz nach Fundstücken. Und genau da hatte er den Radlader für Kinder entdeckt. Auf den Bildern sah das Teil aus wie neu und der Preis war fast schon unverschämt niedrig. Ganze fünf Euro wollte die Verkäuferin haben. Ein Schnäppchen. Sofort schrieb er ihr eine Nachricht. Ein wenig skeptisch war er bei den Internetportalen schon. Oft erfüllte die Ware nicht das, was angepriesen wurde. Doch bei der Dame hatte er ein gutes Gefühl. Angela hieß sie. Angela – ein schöner Name.

»Schatz, kommst du? Essen ist fertig«, hörte er die Stimme seiner Frau.

Oh, sie hatte Essen gemacht? Rebecca und er waren seit drei Jahren verheiratet und es stand nicht zum Besten. Seine attraktive Frau lebte für ihren Beruf. Die halbe Bude war voll mit Gesetzbüchern. Jede freie Minute verbrachte sie damit, Gesetze zu lesen oder in irgendwelchen Gerichtsurteilen zu schmökern. Dann druckte sie das Ganze meistens aus. So bestellte sie im Monat für mehr als fünfzig Euro Kopierpapier und mindestens für einhundert Euro Tonerpatronen. Rebecca war zielstrebig und sehr intelligent – zwei Eigenschaften, die er an ihr schätzte –, aber langsam ging es ihm zu weit. Mit ihren gerade mal sechsundzwanzig Jahren hatte sie zusammen mit einem Kollegen vor einem halben Jahr bereits eine eigene Kanzlei gegründet. Klar hatte man da viel zu tun und musste viel organisieren, aber sie schlief sogar manchmal in der Kanzlei. Christian sah das sehr kritisch. Er war eher der gemütliche Typ. Klar, Geld war wichtig und man musste von etwas leben, aber ihm war es total egal, ob er dreitausend Euro auf der Bank hatte oder sechstausend Euro.

Daher freute er sich auf das Essen. Schnell schaltete er den Bildschirm aus und gesellte sich zu seiner Frau, die im Esszimmer das Essen servierte. Natürlich hatte sie es wie immer bestellt und sah in ihrem schwarzen langen Rock, der weißen Bluse und dem Blazer schon wieder so geschäftsmäßig aus.

»Schatz, wir müssen schnell essen. In einer Stunde geht mein Zug«, sagte sie.

»Zug? Welcher Zug?«, fragte er verwirrt.

»Du weißt doch, das Seminar für zukünftige Rechtspfleger. Ich möchte die Kanzlei um weitere Dienstleistungen erweitern«, frohlockte sie.

»Erweitern? Du hast doch gerade erst aufgemacht«, stellte er mit Schrecken fest. Ihm war schon klar, was das für ihn bedeutete. Er würde seine Frau noch weniger sehen.

»Die Kunden rennen mir die Bude ein. Überleg mal, in spätestens zwei Jahren haben wir unser eigenes Haus und dann richte ich meine Kanzlei dort ein. Ich freu mich jetzt schon. Jetzt essen wir aber.«

Er setzte sich gelangweilt an den Tisch.

Seine Frau aß wie eine Verrückte. Ein paar Minuten später sprang sie auf und schnappte sich ihre Jacke. Er bekam einen flüchtigen Kuss auf die Wange.

»Ich muss jetzt los. Geld liegt im Küchenschrank. Ich bin meist nur am Abend erreichbar. Wenn was ist, dann bitte kurz schreiben. In einer Woche bin ich wieder da. Wir sehen uns. Ich habe dich lieb. Tschüss.«

Die Tür schloss sich und er war allein. Toll. Ja, so war seine

Frau. Mit einem Stück Pizza setzte er sich wieder an seinen Rechner und schaute im Netz nach weiteren Geburtstagsgeschenken für seinen Patensohn.

Nach einiger Zeit bekam er eine Nachricht. Von Angela. Der Radlader sei noch da und er könne das Spielzeug abholen. Toll. Er war begeistert. Nicht nur von dem Kinderspielzeug. Angela schrieb total nett. Sie vereinbarten einen Termin, an dem er sich das Spielzeug anschauen konnte. Sie schrieben noch etwas hin und her und er fand sie immer sympathischer. Nicht so durchgestylt und kühl wie seine Frau. Angela schien mit beiden Beinen fest im Leben zu stehen. Christian war neugierig.

***

Am nächsten Tag stand er vor Angelas Reihenhaus und klingelte. Ein wenig nervös war er schon. Die Tür wurde aufgerissen und da stand sie. Angela Brensch, wie er auf dem Namensschild neben der Türklingel lesen konnte. Sein erster Eindruck war: *Sie ist der Hammer.* Sie strahlte ihn an, ihr Lächeln zog ihm die Schuhe aus. Und erst die Augen!

»Hallo, du kommst wegen dem Radlader?«

»Ja, ich bin Christian«, stellte er sich vor.

»Komm rein. Bitte zieh die Schuhe aus. Wir müssen leise sein. Mein Sohn schläft.«

Sie hatte einen Sohn? Bei der Figur? Unglaublich. Brav zog er die Schuhe aus, betrat das gepflegte Reihenhaus und folgte Angela in die Küche.

»Der Radlader steht auf dem Tisch. Ich muss dazusagen, ich verkaufe ihn für eine Freundin, er ist aber wie neu. Schau ihn dir gern an«, sagte sie strahlend.

Ihr Lächeln war unfassbar schön. Sie steckte ihn mit ihrer fröhlichen Art an.

Christian schaute sich das Spielzeug an, es war an einigen Stellen feucht.

»Warum ist es nass?«, fragte er.

»Ich habe es noch mal schnell abgewischt. Hast ja geschrieben, dass es für deinen Patensohn ist, da wollte ich dir eine Freude machen.«

Sie drehte sich zum Spülbecken, um ihren Abwasch fortzusetzen, und zeigte ihm ihre Rückseite. Er sah ihren sexy Arsch, der in einer weißen Jeans steckte. Darüber trug sie eine weiße Strickjacke. Auch von hinten sah sie toll aus.

Christian setzte sich. In ihm erwachte das Kind und er begann zu spielen. Nicht nur sein Patensohn liebte Baustellenfahrzeuge. Angela drehte sich und lachte leise. Er grinste sie an und zuckte mit den Schultern. Sie war genauso offen und herzlich, wie sie geschrieben hatte.

»Das Teil ist toll«, resümierte er.

»Freut mich.«

Seine Aufmerksamkeit wurde auf etwas anderes gelenkt. »Ich glaube es nicht. Käsekuchen. Selbst gemacht?« Er sprang auf und fiel fast in den von ihm geliebten Kuchen, der auf ihrer Fensterbank stand.

»Kaffee dazu?«, fragte sie herzlich.

Er strahlte, sie strahlte. Meine Güte, was für eine Frau. »Ja«, jubelte er.

»Gut, dann deck mal den Tisch. Teller sind hier über mir im Hängeschrank«, erklärte sie.

Christian stellte sich hinter sie und griff über ihre Schulter. Er war etwas größer als sie. Als er die Schranktür geöffnet hatte, schaute er nach unten oder besser gesagt auf ihre knackigen Titten. Sie trug nichts unter ihrer Strickjacke. Nur einen roten BH. Ihre Brüste waren klein und fleischig, sahen aber sehr fest aus.

»Von Titten hat hier niemand gesprochen«, meinte sie vielsagend.

»Tut mir leid. Ich wollte nicht … so gucken«, stöhnte er.

»Ist schon okay. So schaut wenigstens ein Typ auf meine Glockies.«

»Es tut mir wirklich leid«, hauchte er.

Ihre Gesichter trennten nur Zentimeter. Seine Finger strichen über ihre Schulter. Er war total von der Rolle, diese Frau war Zucker pur. Nicht mal zehn Minuten kannte er sie und schon fühlte er sich zu ihr hingezogen. Zarte Finger berührten seine Beule. War es bewusst oder zuckte nur ihr Arm?

In dem Augenblick pingte ihr Handy und machte die erotische Stimmung zunichte.

»Scheiße«, murrte sie und griff danach.

Nach einem kurzen Blick auf das Display wanderten ihre Augen etwas höher. Schaute sie zwischen seine Beine? Angela legte ihr Handy zur Seite und schaute nun direkt auf seine Beule. »Ich wollte ein Spielzeug verkaufen und was kam mir ins Haus? Ein harter Schwanz«, hauchte sie. Bevor er reagieren konnte, öffnete sie seine Hose und befreite seinen harten Stab. Die Frau ging so was von ran. Gekonnt wichste sie ihn. »Wenn du mich fickst, dann will ich beleidigt werden«, flüsterte sie und küsste ihn auf den Mund.

Angela verführte ihn. Christian konnte nichts dagegen tun. Wann hatte er das letzte Mal Sex gehabt? In seinem Kopf vor wenigen Stunden, aber das war es dann auch. Auch er kannte einige dunkle Spielweisen der Lust. Er öffnete die Knöpfe ihrer Strickjacke und hatte freien Blick auf ihren BH. »Ich hab schon schönere BHs gesehen, hoffentlich trägst du unten nicht so viel Stoff«, pflaumte er sie an.

»Das ist gut. Erniedrige mich.«

Wortlos und grob öffnete er die Knöpfe ihrer Jeans. Die süße Stute trug einen schwarzen String. »Ich mag es nicht, wenn die Unterwäsche nicht zusammenpasst«, maulte er rum.

»Dann bestraf mich«, sagte sie grinsend.

Boah, seine Lust kochte jetzt schon. Er zog an ihren Haaren und drückte sie auf die Knie. »Los, blasen.« Es waren nur zwei Worte, die ihn aber noch weiter aufgeilten.

Gefügig machte sie es ihm mit dem Mund. Der Zauber des Neuen hatte auch von ihm Besitz ergriffen und so genoss er ihre weichen Lippen. Sie machte es gut, aber er wollte mehr. An den Haaren zog er sie wieder nach oben. »Ausziehen, ich will dich ficken.«

Seine eigenen Worte stachelten seine Lust weiter an.

Willig öffnete sie den Verschluss ihres BHs und zeigte ihm ihre süßen Titten, die schön knackig und fest waren. Ihr String fiel auch.

Gierig leckte er sich über die Lippen und drückte sie auf den Küchentisch. »Mal schauen, wie du zu bumsen bist. Hoffentlich habe ich keine Niete gezogen.«

Sie flüsterte ihm einige schmutzige Worte zu. Erstaunt schaute er sie an und nickte.

Noch härter schob er sie gegen den Tisch und rieb seinen Stab an ihrem Arsch. »Wenn das keine Dellen sind. Von hinten habe ich keine Lust. Los, leg dich auf den Tisch«, befahl er.

Ihre Augen glühten vor Lust. Wie er es wollte, legte sie sich breitbeinig auf den Küchentisch und spreizte die Beine. Sie war untenrum blank und lief aus. Ein schöner Anblick.

Mit seiner harten Latte stellte er sich zwischen ihre Beine und zog sie zu sich heran. »Meine Güte, am Bauch bist du ganz schön fett. Ob ich dicke Schweine bumsen will, weiß ich nicht. Mal schauen, ob du unten noch eng bist oder ich mich wie eine Gurke in einer Scheune fühle.«

Sie grinste, als er in sie eindrang. Sie war so eng, der Saft in seinen Eiern kochte schon.

»Doll ist das nicht«, log er sie an.

»Tut mir leid. Spuck mich an, ich bin eine ungezogene Schlampe«, stöhnte sie.

Was wollte sie? Angespuckt werden? Geil. Es kostete ihn im ersten Augenblick Überwindung, war aber auch aufregend. Christian überwand das Tabu und spuckte ihr auf den Bauch.

Angela seufzte vor Lust. »Ich glaube, ich mache nicht richtig mit«, meinte sie. Sie wollte weiter erniedrigt werden.

Er verteilte seinen Speichel auf ihren Titten und auf ihrem Hals.

»Mehr«, stöhnte sie, während sie genommen wurde.

So etwas Frivoles hatte er noch nie erlebt. Sie hatte so einen tollen Körper und wollte so benutzt werden. Heftig und schön. Jetzt brach er das letzte Tabu und spuckte ihr ins Gesicht. Die hübsche junge Frau verzog das Gesicht und bäumte sich auf. Als würde eine unsichtbare Kraft sie hochziehen, bäumte sich ihr Leib auf und sank dann wieder zurück. Gänsehaut machte ihre süßen Knospen noch geiler.

Ihr Höhepunkt war ein Ansporn, auch zu kommen, und das tat er. Wie ein Luftballon, der aufgeblasen wurde, erreichte die Spannung in ihm ihren Höhepunkt. Der Ballon zerplatzte und er erlebte einen der glücklichsten Augenblicke in seinem Leben. Begeistert verteilte er seine Geilheit in ihrem Körper.

Sie schaute ihn an und strahlte. »Das war geil«, flüsterte sie.

»Ich will nicht raus, wir müssen die Grotte noch vermessen und ganz genau untersuchen.«

Bevor sie antworten konnte, klingelte es an der Tür.

»Scheiße«, fluchte sie und sprang so energisch auf, dass sein Schwanz sich gefährlich verbog, weil er noch in ihr steckte. »Das ist meine Freundin, die will bestimmt wissen, was mit dem Spielzeug ist. Mein Sohn soll noch schlafen«, stöhnte sie und zog sich Hose und Strickjacke an. Dann rannte sie zur Tür und öffnete sie mit Schwung. »Liebes, schön dich zu sehen«, war von ihr zu hören.

Er hatte keine Zeit mehr. So schnell er konnte, zog er sich an. Ihre Unterwäsche lag noch auf dem Boden. Wohin damit? Getrieben von der Angst, entdeckt zu werden, schaute er sich um. Aus der Not heraus stopfte er sich die Wäsche in die Hose und beseitigte die letzten verräterischen Spuren in der Küche mit einem Geschirrhandtuch.

Da vernahm er schon Angelas Worte. »Du kommst genau richtig. Der Käufer ist noch da und schaut sich das Spielzeug in der Küche an.« Einen Augenblick später standen die zwei Frauen im Türrahmen.

Christian saß auf einem der Küchenstühle und betrachtete den Radlader. »Ein wirklich ausgezeichnetes Fahrzeug«, stellte er fest.

»Das gefällt mir. Sie sind auch ein angenehmer Käufer.« Angela zwinkerte ihm zu.

Er griff nach seiner Geldbörse und holte zwei Fünfeuroscheine heraus. »Fünf Euro für das Fahrzeug und fünf Euro für die herrliche Präsentation. Mir ist sofort aufgefallen, dass Sie das Fahrzeug noch einmal poliert haben.« Er hielt den Frauen die Scheine vor das Gesicht.

Während Angelas Freundin strahlte, grinste die Hausherrin vielsagend. »Ich poliere gern. Manchmal bekomme ich einfach nicht genug davon, ein Ding zu polieren«, war ihre zweideutige Antwort.

Du wirst noch sehr oft die Gelegenheit haben, meinen Schwanz zu polieren. Christian nahm das Spielzeug in die Hand und ließ sich seine Gedanken nicht anmerken.

Da ertönte ein Schreien.

»Das ist mein Sohn. Er ist ein Jahr alt. Ich bin gleich wieder da«, erklärte sie.

Christian staunte nicht schlecht. Vor einem Jahr ein Kind bekommen und dann schon wieder so eine geile Figur. Respekt.

Mit dem Kind auf dem Arm brachte sie Christian zur Tür.

»Wo ist meine Unterwäsche?«, wisperte sie.

»Da, wo dein Mund sein sollte, in meinem Schritt«, war seine frivole Antwort.

»Christian, du nimmst sie jetzt nicht mit.«

»Doch. Ich werde sie heute noch vollspritzen und dich in Gedanken in allen erdenklichen Formen ficken.«

»Dein ungezogenes Stück will Fotos haben.«

Christian war schon wieder steinhart im Schritt. Klar war ihr Körper heiß, aber auch ihre Persönlichkeit warf ihn förmlich um. Noch nie hatte er eine so offene, tolerante und sexgeile Frau erlebt wie Angela. Was für eine Traumfrau.

Sie fasste ihm hemmungslos in den Schritt. »Viel Spaß, wenn du mich bumst«, meinte sie und grinste verdorben.

Christian spürte ihre sexy Wäsche auf dem Weg nach Hause an seinem Schwanz. In Gedanken stellte er sich vor, wie sie in der sündigen Wäsche vor ihm tanzte und ihn so anmachte. Sexy bewegte sie sich vor ihm und streichelte ihren Körper. Er saß nackt vor ihr und wichste genüsslich seinen Schwanz. Gierig betrachtete er ihren Körper und gab ihr Anweisungen, wie sie sich zu bewegen hatte …

Sein Stab wurde immer härter. Er schaffte es gerade noch, die Wohnungstür hinter sich zu schließen. Die Beule in seiner Hose war immens. Voller Vorfreude zog er seine Hose aus und befreite seinen Stab. Endlich konnte er sich ihrer süßen Wäsche widmen. Genießerisch streichelte er über die Reizwäsche. Meine Güte, was hatte Angela ihn begeistert.

Als er sich an seinen Rechner setzte, lächelte er über das ganze Gesicht. Sie hatte ihm geschrieben. Sie fragte ihn, ob er ihre Wäsche schon »befriedigt« hatte. Wie konnte man nur so süß und gleichzeitig so verdorben sein?

Die nächsten zwei Stunden schrieben sie sich unzählige Nachrichten. Während sie schrieben, rubbelte er seine Palme.

Währenddessen schickte er ihr mehrere Bilder von seinem Schwanz. Es war für ihn das erste Mal, dass er intime Bilder von sich weitergab. Es war aufregend. Mehrfach war er kurz davor zu kommen, aber dann wäre dieses geile Kribbeln der Geilheit in seinem Körper vorbei. Das war das Letzte, was er wollte. Doch irgendwann begann sein harter Muskel zu schmerzen und er konnte nicht mehr an sich halten. Eine gewaltige Fontäne zeugte von seiner Erregung. Puh, was für ein geiler Nachmittag!

Nachdem er sich sauber gemacht hatte, schaute er wieder in sein Postfach und bekam große Augen. Sie wollte ihn sehen. Am Abend. Er sagte sofort zu, schließlich hatte er sturmfrei.

Der Abend sollte etwas ganz Besonderes werden und er wusste auch schon, wie er ihn für Angela unvergesslich machen konnte. Er ging ins Schlafzimmer und öffnete die Nachttischschublade seiner Frau. Ah, da lag er. Meine Güte, wie konnte man nur mit so einem Teil glücklich werden? Egal. In seinem Kopf arbeitete es. Ein Plan der Lust musste her. Am Anfang ihrer Beziehung hatte seine Frau ihn öfter als Lustmolch bezeichnet, und so sah er sich auch.

Eine Stunde brauchte er, bis er seinen Plan der Lust vorbereitet hatte. Seine Gedanken waren verdorben. Störte es ihn? Nein, es erregte ihn noch mehr, wenn er an den Tabubruch dachte, den er in wenigen Stunden begehen würde. Intensiv beschäftigte er sich mit dem »Geschenk« für Angela. Seine Frau hatte für das Teil eh keine Verwendung mehr.

Nachdem er sich frisch gemacht hatte, machte er sich auf den Weg. Seine Vorfreude war grenzenlos. Noch nie hatte er so große Sehnsucht in sich gefühlt. Am liebsten hätte er die ganze Welt umarmt.

Mit schnell schlagendem Herzen klingelte er bei ihr, einen Augenblick später öffnete sie. Ihr Anblick bot einen Vorgeschmack darauf, was auf ihn wartete. Sie trug ein hautenges gelbes Kleid, das nur knapp ihren Schoß bedeckte. Christian starrte sie an.

»Würdest du bitte so nett sein und dich an mir aufgeilen, wenn die Tür hinter dir geschlossen ist? Danke«, sagte sie grinsend und zog ihn ins Haus. »Ich habe etwas für uns vorbereitet«, hauchte sie.

Das Kleid war ein Traum. Hauteng lag es auf ihrem Körper. Sie trug keinen BH. Klein und fleischig zeichneten sich ihre Äpfel ab. Als sie in der Küche zwei Gläser aus einem ihrer Hängeschränke holte, spannte sich der Stoff stramm über ihren Arsch. Er sah keine Unterwäsche. Trug sie überhaupt was drunter? Der Anblick ihrer prallen Backen steigerte seine Lust weiter.

»Ich komme nicht ran. Wer hilft mir?«, fragte sie mit heiserer Stimme.

Christian stellte sich wieder hinter sie und legte von hinten seine Hand auf ihren Bauch. Mit der freien Hand half er ihr und reichte ihr zwei Gläser. Durch den zarten Stoff spürte er ihre Wärme. Lustvoll streichelte er ihren Bauch, der sehr flach und sehr sexy war.

Ihre Hand griff nach hinten und knetete durch seine Hose den Zepter der Lust, den er mit Stolz trug und der sich bereits zur vollen Größe aufgebaut hatte. »Oh, da will aber jemand bei unserem Date dabei sein?«, flüsterte sie.

»Ich finde, er gehört dazu. Was trägst du drunter?«, fragte er und küsste ihre Schultern.

»Natürlich nichts. Du hast meine Wäsche ja mitgenommen. Hast du sie schön vollgewichst?«

Was für eine sündige Frage. »Natürlich, dein Körper ist der Hammer.« Genüsslich fasste er ihr zwischen die Beine und strich mit dem Finger über ihre Perle. Sie seufzte vor Lust und zitterte leicht. Sein Kopf lag auf ihrer Schulter. Als er ihre harten Nippel sah, die sich durch den engen Stoff drückten, grinste er. »Haben wir heute schlechten Empfang und müssen die Antennen ausfahren?«, hauchte er und küsste ihren Hals.

»Du bist noch versauter als ich. Schön, dass wir uns getroffen haben.«

Ja, er war genauso glücklich wie Angela. Jetzt wurde es Zeit für sein Geschenk. Er reichte ihr eine große Zigarrenschachtel, die mit einer roten Schleife verschönert war.

»Wollen wir rauchen?«

»Nein, mach es bitte auf.«

Ihre Hände zitterten vor Lust, als sie sein Geschenk öffnete. Seine rechte Hand lag auf ihrer Brust und spielte mit ihren Nippeln. Sie öffnete die Verpackung und kicherte. »Genau das habe ich mir gewünscht. Beim ersten Date einen Vibrator geschenkt zu bekommen. Wie schön.«

Beide lachten.

»Mach es dir. Vor meinen Augen, Darling.« Er benutzte bewusst ein Kosewort. Er war gekommen, um nicht wieder zu gehen.

»Er ist groß, wo hast du ihn her?«

»Von meiner Frau. Sie braucht ihn nicht mehr.«

Angela drehte sich um. Ihre Gesichter trennten nur noch Millimeter. »Leck ihn ab«, forderte sie ihn auf.

Er tat es und benetzte den Dildo mit seinem Speichel.

Grinsend zog sie ihr Kleid hoch und steckte sich den Kunstschwanz unter seinen Augen unten rein. Als das Teil in ihrer leicht gewölbten Spalte verschwand, stöhnte sie auf.

»Du machst mich so geil. Blas ihn.«

Grinsend kniete sich Angela vor ihn und befreite seinen harten Stab aus seinem dunklen Gefängnis. Nachdem sie ihn kurz gewichst hatte, nahm sie seinen Willi tief in den Mund.

Eine Wohltat für Christian, der ihre Lippen sichtlich genoss. Mit viel Gefühl saugte sie ihn. Er schloss die Augen und gab sich dem Augenblick der Lust hin. Tief saugte sie ihn in den Mund und leckte sich mit der Zunge über die Lippen. Er hatte keine Ahnung, wie sie es machte, aber so geil hatte es ihm noch keine Frau gemacht. Sein Hirn rutschte in die Hose.

»So, jetzt will ich mich aber ein wenig bewegen«, hauchte sie und führte ihn leicht breitbeinig in ihr Wohnzimmer, immerhin steckte ein dreißig Zentimeter langer Schwanz aus hartem Kunststoff in ihr. Sie schubste ihn spielerisch auf die Couch, dann ging sie in die Knie und spreizte die Beine. Er sah den schwarzen Stab, der tief in ihr steckte. Lasziv bewegte sie ihr Becken wie eine Bauchtänzerin. Es war so scharf und so sexy. Langsam begann sie sich zu entblättern, wie in einer Table-Dance-Bar zeigte sie ihren Körper. Mit den Händen zog sie das Kleid von ihren Schultern und legte ihre knackigen Möpse frei.

Ja, so wollte er sie haben. Schmutzig und billig. Langsam griff er nach seinem Schwanz und begann, an sich zu spielen.

Angela grinste ihn an und spreizte erneut die Beine. »Fick mich mit dem Dildo deiner Frau«, forderte sie ihn schmutzig auf.

Sein Hobel zuckte wild. Was für eine obszöne Aufforderung. Gierig griff er nach dem Kunstschwanz und begann, sie zu bumsen.

»Härter, ich will eine bessere Schlampe sein als deine Frau.«

Was für ein geiler Abend. Der Gedanke, dass der Dildo vorher in seiner Frau gesteckt hatte und jetzt »seine« Angela beglückte, war aufregend und äußerst lustvoll.

»Tiefer, ich will leiden«, stöhnte sie.

Ihre Worte peitschten seine Gier weiter auf. Sollte er ihr leicht wehtun? Wenn es nach ihr ging, dann ja. Wenn es nach seiner Lust ging, auch. Vorsichtig fickte er sie, während sie vor ihm kniete und lasziv stöhnte. Tropfen der Lust sammelten sich in ihrem Schritt und tropften auf den Glastisch vor der Couch. Wie sie die Beine spreizte, war ein Traum für einen Mann. Er sah alles. Kein Detail verbarg sie vor ihm.

Sie stöhnte leise. Christian wurde mutiger und stieß zu.

»Ja, fick mich so hart, bis ich weine«, stöhnte sie.

Sie hatte Spaß an Unterwerfung. Er wurde noch mutiger und fickte sie, so hart er konnte. Es war aufregend, sie mit der Hand zu ficken und dabei mit einem Fremdkörper zu benutzen. Er spuckte ihr auf die Titten.

»Ja, dein Miststück will unterworfen werden.«

Er konnte die Gier in seinem Leib nicht mehr kontrollieren. Er stand auf und drückte sie auf die Glasplatte des Tisches. Brutal riss er ihr den Dildo aus der Möse und rammte ihr seinen Schwanz mit ganzer Kraft unten rein.

Sie schrie leise auf. »Du bist groß. Schön.«

Er rammelte sie, so hart er konnte. Seine Finger zwirbelten ihre Titten. »Komm für deinen Schatz«, presste er zwischen den Zähnen hervor. Ja, sein Gehirn steckte in seinem Schwanz. Wild bumste er sie. Angela stöhnte und seufzte. Ihre Schenkel waren nass. Nass vor Lust. Er spuckte ihr wieder auf die Titten. Am liebsten wäre er gekommen und Angela wohl auch, aber er wollte nicht. Es war Teil seines perfiden Spiels.

»Ich habe jetzt keine Lust mehr«, erklärte er trocken und löste sich von ihr.

Sie schaute ihn an, als wäre ein Ufo gelandet. Sie war verunsichert, genauso wollte er sie haben.

»Hast du was zu essen? Ist noch was von dem Käsekuchen da?«, fragte er.

»Ja, wollen wir nicht erst einmal fertig werden?«, fragte sie verzweifelt.

»Nein. Hol mir mal ein Stück. Wir können aber Pornos schauen, vielleicht habe ich dann wieder Lust.«

Dunkle Gewitterwolken zogen über ihrem Kopf auf. Wütend schnaufend ging sie in die Küche. Christian hatte keinen Hunger, aber er wollte sie demütigen, so wie sie es wollte. Mit Zornesfalten auf der Stirn kam sie zurück und knallte ihm den Teller mit dem Kuchen auf den Tisch.

»Danke.«

Sie stellte sich vor den Fernseher und loggte sich ein. Immer noch trug sie untenrum dieses sexy Kleid. Ihr Arsch war trotz der Geburt schön eng und fest. Gern wäre er jetzt in ihr gekommen, aber er musste sich zusammenreißen.

Maulig ließ sie sich neben ihm auf der Couch nieder. »Bitte, jetzt kannst du dir deine Filme anschauen«, schnaufte sie vor Wut.

Ja, da wollte er sie haben. Er hatte schon etwas vorbereitet. Der Film war schnell gefunden. Genüsslich lehnte er sich zurück. Eine junge Frau war an einem Heizkörper im Badezimmer angebunden. An ihrem Hals trug sie ein Hundehalsband. Die Hände waren an dem Heizkörper fixiert. Ein Wassereis erschien im Blickfeld der Kamera.

»Nein«, wimmerte die Frau.

»Mach deine dreckigen Beine breit«, wurde sie aufgefordert.

Ängstlich folgte sie der Anweisung. Hart drückte ein Mann ihr die Spitze des Eises gegen die Möse. Die Frau stöhnte laut auf.

Christian drückte den Pausenknopf.

»Ich will das auch«, verlangte Angela.

»Wo ist das Eis?«

Sie rannte in die Küche und kam mit einem spitz geformten Wassereis zurück.

»Los, knie dich doggy auf den Tisch. Ich will dich benutzen«, befahl er.

»Oh, ja, natürlich.«

»Angela, bitte.«

»Ja, du hast recht. Ich mach es nur, wenn du mich dann in Ruhe lässt. Meine Ehe ist mir wichtig.«

Ja, er liebte frivole Rollenspiele!

Angela sprang förmlich aus ihrem Kleid und kniete sich nackt auf den Tisch. Seine Gespielin lief aus. Was für ein geiler Anblick. Er stellte sich hinter sie. Seine Eier drohten jetzt schon überzulaufen. Kurz rieb er seinen Rüssel an ihrer Perle. Sie gluckste lustvoll, als er ihr seinen Stab tief unten reinschob. Ah, jetzt war er da, wo er sein wollte. So tief er konnte, steckte er ihr den Stab der Lust rein. Dann führte er das Eis zu ihrer Rosette.

»Du willst mich jetzt nicht mit einem Eis in den Arsch ficken? Du bist so was von pervers.«

Ja, das war er. »Du willst doch benutzt werden.« Er spuckte auf das Eis und drückte es gegen ihr Arschloch.

Angela zuckte und quiekte wie ein Schwein. Sie stöhnte und zitterte. Ein Schwall Saft schoss auf den Boden.

»Du bist jetzt nicht gekommen?«

»Doch. Du machst mich so glücklich. Fick mich.«

Sie war genauso verdorben wie am Nachmittag. Langsam, aber mit Druck schob er ihr die Stange gefrorenen Wassers bis zur Hälfte hinten rein. Ihr Hintern zuckte. So etwas hatte er auch noch nie gemacht. Es erregte ihn maßlos. Das Eis begann zu schmelzen. Sie seufzte immer intensiver vor Erregung. Christian zog das Eis aus ihrem Arsch. Sie war unten schön geöffnet. Mit glitzernden Augen spuckte er ihr in die Rosette.

»Christian, hast du mir jetzt in den Arsch gespuckt?«, fragte sie mit gespielter Empörung.

»Lass mich kurz überlegen … Ja.« Er begann sie langsam zu penetrieren. Er glaubte es nicht, aber er fühlte sich in ihrem Körper immer wohler. Gleichzeitig stimulierte er weiterhin mit dem Eis ihre Rosette.

Angela bestand nur noch aus Lust. Mit geschlossenen Augen genoss sie es sehr, gelüftet zu werden. Ihre Perle passte perfekt zu seinem Stab. »Ist deine Möse für mich gebaut worden?«

»Christian, du stellst dir nicht wirklich diese Frage, während du mich fickst. Wie versaut bist du?«

»Du willst es doch so.«

»Ja. Ich möchte das große Finale«, flüsterte sie.

Er wurde schneller. Sie hatte recht. Hart steckte er ihr das Eis hinten rein. Angela zuckte und begann zu zittern. Ihre Wärme, die er an seinem Schwanz spürte, war ein Traum. Sie drückte ihren Arsch gegen sein Becken. Er streichelte ihre Titten und ihren Bauch.

»Mach mich glücklich.«

Genau das wollte er. Er verwöhnte sie jetzt mit etwas mehr Gefühl. Er war bald so weit, doch sie sollte zuerst kommen. Seine Hände kneteten ihre Hügel und führten sie zum Gipfel der Befriedigung.

»Ja. Ja. Ja«, hechelte sie und fühlte den Augenblick des Glücks. Ihr ganzer Körper war von Gänsehaut überzogen. »Meine Antennen stehen auf Empfang. Im Programm steht ein Erguss, der ziemlich schnell kommen sollte.«

Er grinste, als er die Worte aus ihrem Mund hörte. Jetzt war er an der Reihe. Seine Hände legten sich um ihre Hüften und er begann sie gleichmäßig zu vögeln. Die Reibung an seiner Eichel war ein Traum. Der Saft des Lebens wollte in ihren Körper gepumpt werden. Er schloss die Augen, dadurch fühlte sich die Reibung an seinem starken Muskel noch intensiver an.

Als der Samen des Lebens ihren Unterleib flutete, wurde Christian von einem unglaublichen Gefühl der Freiheit und des Glücks überflutet. Ein Abend der Lust. Er fiel in sich zusammen.

»Schade«, sagte sie und rieb ihren Arsch an seinem Becken.

»Du bist verdorben.«

»Hallo, wer hat mir ein Eis in den Arsch geschoben und mir dann auch noch hinten reingespuckt?«

»Eine intelligente Stute, na toll.«

Sie kuschelten auf der Couch und ließen den Abend ausklingen.

Beide trennten sich von ihren Partnern und genossen ihr frisches Liebesglück.

Reif und sündig - Versaute LustGedanken

Kasimir saß mit seinem Team in der kleinen Redaktion der Gustav-Heinrich-Ehlert-Gesamtschule zusammen. Insgesamt umfasste das Team acht Mitglieder. Die Schulleitung förderte die Schülerzeitung intensiv. Das hatte die Redaktion Herrn Dr. Dieter Mausch zu verdanken, der vor seinem Lehramtsstudium drei Jahre Journalismus studiert hatte und glühender Verfechter der freien Presse war. Für jede Schülerzeitung war es eine Herausforderung, Themen zu finden, die auch alle Schülerinnen und Schüler ansprachen. Gern nutzte Kasimir daher die Möglichkeit, Umfragen durchzuführen und kleine Gewinnspiele zu veranstalten.

Die Gesamtschule hatte so ihre Probleme. Zwar war der Anteil von einheimischen und Schülern mit Migrationshintergrund in etwa ausgeglichen, aber wo viele Menschen viel Zeit miteinander verbrachten, gab es auch Konflikte. Die Schule war riesengroß, mehr als eintausend Schülerinnen und Schüler besuchten sie. Für die große Anzahl der Schüler war die Redaktion verhältnismäßig klein.

Wie in vielen anderen Bereichen war auch hier der Fachkräftemangel zu spüren, wie Kasimir es nannte. Klar, es war eine Schülerzeitung und grundsätzlich konnte jeder einen Artikel schreiben, aber auch die Qualität musste stimmen. Seit drei

Jahren führte der neunzehnjährige Kasimir die Geschicke des Blattes. Jetzt besuchte er die Abschlussklasse der Schule. Im Sommer würde er hoffentlich seinen Schulabschluss in der Tasche haben. Was er dann machen wollte, wusste er noch nicht.

Es war der zweite Tag nach den Weihnachtsferien.

»Also, meine Lieben, was können wir in diesem Schuljahr noch für Wettbewerbe durchführen?«, fragte er in die Runde.

Es herrschte betretenes Schweigen. Damit hatte er gerechnet. Kasimir war ein großer Fan von Schach. Das Strategiespiel hatte es ihm angetan, er spielte es seit Jahren. Man konnte viel von dem Spiel lernen und so versuchte er, die Redaktion nach seinen Vorstellungen zu führen. Oft gelang es ihm, manchmal aber auch nicht. Er war noch jung und so nahm er eine Niederlage immer sehr sportlich. Im letzten Halbjahr an der Schule wollte er sich noch einen letzten Traum erfüllen.

»Ich habe mir auch so meine Gedanken gemacht. Ich stelle mir eine Kombination aus Wettbewerb und Umfrage vor. Ein großer Teil unserer Leser schaut viel fern. Warum machen wir nicht eine Umfrage dazu? Wer ist die beste Moderatorin? Noch bin ich mir nicht sicher, ob wir eine Vorauswahl treffen oder einen freien Wettbewerb durchführen. Ich persönlich favorisiere eine vorgegebene Auswahl. Was meint ihr dazu?«

Aufmerksam schaute Kasimir in die Runde. Niemand ergriff das Wort oder meldete sich. »Gut, dann bereite ich alles vor.«

Innerlich freute er sich wie ein Schneekönig. Der Chefredakteur hatte bereits eine Vorauswahl getroffen. Er hatte auch eine Ahnung, wer die Wahl gewinnen würde. »Ich sehe schon, es gibt keinen Gesprächsbedarf zu dem Thema. Unsere nächste Ausgabe erscheint am fünfzehnten Januar. Ich kümmere mich darum«, erklärte er.

Als die Redaktionssitzung zu Ende war, machte sich Kasimir auf den Weg nach Hause. Zwar würde er es nicht mehr rechtzeitig schaffen, seine Lieblingsmoderatorin zu sehen, aber wozu gab es Mediatheken? Susanne Heppner hatte es ihm angetan. Seit zwei Jahren war er in die brünette Schönheit verknallt. Wie konnte man diese unfassbar hübsche Milf beschreiben? Curvy und süß. Lange Wimpern machten ihre grünen Augen noch schöner, eine schmale Nase und ein schön breiter Mund zierten ihr Gesicht. Die schneeweißen Zähne und vollen Lippen waren auch nicht von schlechten Eltern. Noch heißer war ihre Stimme. Etwas rauchig und von der Tonlage so was von sexy. Aber der absolute Knaller war ihr Körper. Susanne hatte überall etwas mehr zu bieten. Sie war nicht dick, aber auch nicht schlank. Sie war einfach natürlich.

Natürlich war er nur irgendein Schüler an irgendeiner Schule in Deutschland. Die Dame hatte eine riesige Fangemeinde und jedes ihrer Bilder, das sie veröffentlichte, wurde Tausende Male gelikt und kommentiert. Er fand sie einfach nur heiß.

Kasimir lebte mit seinen Eltern in einem kleinen Reihenhaus. Nachdem er mit ihnen zu Abend gegessen hatte, setzte er sich voller Freude an seinen Laptop und schaute sich das täglich ausgestrahlte Boulevardmagazin an, das Susanne im Wechsel mit einer Kollegin moderierte. Auch an diesem Abend machte sie ihrem Ruf alle Ehre. Sie trug einen braunen Lederrock, der ihr zwar bis zu den Knöcheln reichte, aber schön geschlitzt war. Ihr geiler Oberkörper war von einem Body bedeckt. Sofort bekam er eine harte Latte. Kasimir wusste schon gar nicht mehr, wie oft er auf ihren Körper gewichst hatte. Alles an ihr war Zucker. Sie hatte kein einfaches Leben. Die sexy Moderatorin war sechsundvierzig Jahre alt und hatte einen neunjährigen Sohn. Vor drei Jahren hatte sie sich nach über zehn Jahren Ehe von ihrem Mann getrennt. Seit einem halben Jahr hatte sie einen neuen Freund, den sie aber weitestgehend von der Öffentlichkeit fernhielt. Nur ganz selten veröffentlichte sie ein

Bild mit ihrem Lover. Der Mann an ihrer Seite war ein ganz normaler Typ, Kasimir fand ihn nicht besonders attraktiv. Ein Normalo. Auch deswegen mochte er sie sehr. Susanne war ganz normal geblieben. Auf ihren Bildern zeigte sie sich gern hocherotisch, nicht selten sah man sie in kurzen Miniröcken, mit tiefen Ausschnitten oder auch mal in einem Badeanzug. Er fragte sich oft, ob sie mit ihren meist männlichen Fans spielte. Sicher las sie die vielen Kommentare unter den Bildern, die sie veröffentlichte.

Zu gern hätte Kasimir sie mal im Bett erlebt. Bestimmt war sie ein total verdorbenes Luder. Er stellte sich heiße sexuelle Spiele mit ihr vor, wenn er sie im Fernsehen sah. Vor allem, weil ein ganz normaler Typ ihr Herz erobert hatte. Kasimir hatte keine Freundin, aber er besuchte regelmäßig eine Hure, die ihm im Bett schon so manches gezeigt hatte. Seine Eltern wussten nichts von seinem sündigen Geheimnis. Jedes Mitglied der Zeitungsredaktion an der Schule bekam eine großzügige Aufwandsentschädigung und einen Bonus, der an die Anzahl der verkauften Zeitungsexemplare gekoppelt war. Wenn man viel verkaufte, bekam man auch viel. Das Geld investierte er in seine ganz private Fortbildung. Zwei Mal im Monat besuchte er die reife Rita, wie sie sich nannte. Ob es ihr richtiger Name war, wusste er nicht, und wenn er ehrlich war, war es ihm auch egal. Im Bett war sie ziemlich scharf. Er hatte mit ihr einen Mengenrabatt ausgehandelt. Fünf Mal pimpern mit Bezahlung und der sechste Schuss war frei. Alles hatte er mit ihr schon ausprobiert, darauf war er mächtig stolz. Beim letzten Mal hatte er auf ihre geilen Möpse gespritzt. Rita hatte große Möpse und war schon reif. Er sprach sie immer mit Susanne an. Für das nächste Mal hatte er sich überlegt, dass sie eine Maske mit dem Gesicht seines Stars tragen sollte. Er bezahlte, also bestimmte er auch, was die reife Nutte zu tun hatte …

Bis zur letzten Minute schaute er sich die Sendung an. Susannes sexy Kurven ließen seine Lust explodieren. Danach wollte er noch sein Voting vorbereiten. Der Artikel war schon längst geschrieben, die Teilnehmer ausgewählt und der Zeitraum der Abstimmung festgelegt. Es konnte nur eine Gewinnerin geben. Als er die fertige Ausgabe an die Druckerei schickte, grinste er breit. Alles war vorbereitet. Vielleicht würde sein Plan ja aufgehen. Zufrieden ging er ins Bett.

***

Die Ausgabe wurde rechtzeitig fertig und gut verkauft. Wer wertete die Abstimmungsergebnisse aus? Natürlich Kasimir. Es gab eine große Zahl an Teilnehmern, was ein sicheres Zeichen für hohen Fernsehkonsum war. Ihm war es nur recht.

Wie es der Zufall wollte, gewann Susanne Heppner. Ihr Sieg wurde groß gefeiert. Damit war der leichte Teil seines Plans erfüllt. Nun wollte er die *beste Moderatorin des Jahres* treffen. Wie sie die Beiträge anmoderierte, war ein Traum. Zu gern würde er sich von ihr einmal die Welt erklären lassen. Er verfasste eine glühende E-Mail an den Sender, für den seine Traumfrau arbeitete. Er schickte den Zeitungsartikel mit und bat um einen Termin bei ihr, um ihr den Pokal zu übergeben und ihr ein paar Fragen zu stellen. Große Chancen rechnete er sich nicht aus, wahrscheinlich wurde der Sender mit solchen E-Mails bombardiert.

***

Es vergingen einige Tage, an denen er ständig seine E-Mails checkte. Inzwischen war seine Euphorie fast verschwunden. Doch dann kam doch noch eine Rückmeldung vom Sender. Sein Jubelschrei hallte durch die ganze Schule. Der Sender schlug einen Interviewtermin vor.

Er würde sie wirklich treffen. Was sollte er nur anziehen? Wie sollte er sie ansprechen? Boah, was war er nervös. Wann war der Termin? In zwei Tagen.

Es wurden achtundvierzig Stunden, in denen er kaum schlief oder aß. Am Ende entschied er sich für ein schlichtes und doch elegantes Outfit – Sakko, weißes Hemd und blaue Jeans.

Aufgeregt wartete er in der Cafeteria des Senders. Die Tür öffnete sich und Susanne Heppner betrat den Raum. Sie trug ein heißes grünes Kleid, das ihr zwar bis zu den Knöcheln reichte, aber fantastisch eng auf ihrem Körper ruhte. In natura sahen ihre Möpse noch geiler aus. Ein roter BH linste am Rande ihres Dekolletés hervor, das Kleid war gefährlich tief ausgeschnitten. Kasimir fragte sich, was für ein Höschen sie wohl trug.

Sie kam auf ihn zu.

»Frau Heppner, es ist mir eine Ehre, Sie kennenzulernen.«

Die Angesprochene lächelte ihn an und schon schmolz er fast dahin. Sein Schwanz stand wie eine Eins. Susanne setzte sich. Er auch. Beide schauten sich an.

Sie lächelte ihn an. »Was möchten Sie wissen?«

Kasimir wusste nicht, was er sagen sollte. Sie brachte ihn komplett aus dem Konzept. Rasch nahm er einen Schluck Wasser.

Susanne legte ihre Hand auf seinen Arm. »Ganz ruhig, man hat mir schon berichtet, wie sehr Sie mich mögen.«

Er wurde knallrot im Gesicht. Ihre Berührung ließ ihn explodieren. Seine Boxershorts waren total nass, er lief aus. Einige Augenblicke brauchte er noch, bis er wieder sprechen konnte. Zaghaft begann er das Interview. Es war ein ganz normales Gespräch, wie sie es wahrscheinlich schon hundert Mal geführt hatte. Wenn er sich nicht bald was einfallen ließe, wäre seine Chance schneller vorbei, als ihm lieb war.

»Ich mag Sie«, seufzte er und unterbrach das Interview.

Sie grinste ihn an. »Mir ist schon aufgefallen, wie du mich anstarrst. Hör zu. Du bist jung und hast bald eine tolle Freundin.«

Eine kalte Dusche. Für einen Augenblick war er von den Socken, auch wenn er mit so einer Reaktion rechnen musste. So gut es ging, setzte er das Interview fort. Susanne hatte wirklich große Titten. Immer wieder schaute er ihr in den Ausschnitt. Leider fand sich keine weitere Gelegenheit, ihr zu sagen, wie toll sie war.

»Danke für das Interview. Es war sehr nett.«

»Fand ich auch. Viel Spaß noch.« Lächelnd stand sie auf.

Was für eine Scheiße. Das war ja mal total nach hinten losgegangen. Wie ein nasser Sack ließ er sich auf den Stuhl plumpsen. Sie hatte ihm schon den Rücken zugedreht.

»Toll, geiler kann man eine Chance nicht in die Tonne treten«, stöhnte er.

Susanne drehte sich um und grinste ihn an. »Ich habe keine Ahnung, warum ich dir eine Sonderbehandlung schenken sollte. Aber du bist nett und siehst gut aus. Wir treffen uns hier in genau drei Monaten wieder. Wenn du bis dahin nicht in festen Händen bist, dann reden wir. Okay?«

Wie aus dem Nichts sah seine Welt wieder ganz anders aus und er spürte Hoffnung in sich.

Beschwingt verließ er den Sender. Meinte sie es ernst? Konnte er sich auf ihr Wort verlassen? In seinem Kopf liefen heiße Filmchen ab. Einige schrieb er in sein Handy. Die Notizblattfunktion war ziemlich hilfreich.

Am nächsten Tag schrieb er das Interview für die Zeitung nieder und schickte dem Sender den Artikel. Eine Reaktion erhielt er nicht, was nicht unüblich war.

***

In den nächsten Wochen und Monaten arbeitete er konzentriert an seinem Schulabschluss.

Am vereinbarten Tag zur vereinbarten Zeit fand er sich wie besprochen wieder in der Cafeteria des Senders ein. Würde sie kommen? Kasimir setzte sich mit einer Flasche Wasser an einen der Tische und wartete. Sein Herz schlug ihm bis zum Hals.

Und tatsächlich: Da war sie. Ihr geiler Arsch war von einer sexy schwarzen Lederhose bedeckt, ihr Oberkörper von einem dünnen roten Pullover. Wieder führte sie ihre Titten Gassi, ihr Dekolleté war schön tief ausgeschnitten. Wieder lächelte sie ihn an, als würde sie sich gleich die Klamotten vom Leib reißen.

»Du bist da«, stellte sie grinsend fest.

»Wie wir es besprochen hatten.«

Das Duo setzte sich und schaute sich in die Augen. Wieder spürte er die Lust des Lebens in sich und seinen harten Bolzen, der unbedingt befreit werden wollte.

»Gib mir dein Handy.«

Was wollte sie mit seinem Handy? Aber Kasimir war nicht in der Position, zu verhandeln, und gab ihr, wonach sie verlangte.

»Tittenbild … Tittenbild … Tittenbild …«

Er wurde rot im Gesicht.

»Ah, die Notizfunktion. Mal schauen, was der Herr so aufgeschrieben hat.«

»Nein«, wehrte er sich stöhnend.

Susanne las und las. Nach einer Weile hob sie den Kopf und schaute ihn an. »Ist das dein Ernst?«

Kasimir wurde immer heißer. Hatte sie seine geilen Pornofantasien gefunden? Hoffentlich nur die nicht ganz so frivolen.

»Meine Traumfrau Susanne und ich sitzen beim Essen. Das scharfe Luder trägt ein kurzes dunkelrotes Lederkleid. Es sieht an ihrem geilen Körper unfassbar erotisch aus. Ich weiß ja, wie gern sie Haut zeigt, so auch an diesem Abend. Das Kleid trägt sie schulterfrei. Susanne ist so freundlich und gibt ihren prallen Titten Ausgang. Nur die eingearbeiteten Schalen des Oberteils halten ihre fleischigen Titten. Ich habe eine gewaltige Latte. Ob die reife Sau was unter dem Kleid trägt? Wahrscheinlich, geil wäre es aber, wenn sie auch ihrer Möse Ausgang gewährte. Wir essen und plaudern. Mir fällt auf, dass sie gern erklärt. Meine Gedanken kennen keine versauten Grenzen. Gern würde ich mit der süßen Sau einen geilen Aufklärungsfilm der Siebzigerjahre nachspielen. Geil und hart bumse ich diese hocherotische Frau. Mitten in einer scharfen Nummer hören wir auf und sie erklärt, was gerade passiert. Während sie in die Kamera schaut und erzählt, genieße ich ihre geile Pflaume und penetriere sie ganz langsam weiter. Alle Sexpraktiken erklärt sie. Zum Glück habe ich mit der scharfen Rita geübt. Oral, vaginal und anal sind für mich kein Problem. Wir ficken wie die Tiere eine ganze Nacht lang. Ich knall sie durch den ganzen Raum. Nur die Decke lassen wir aus. Jetzt muss ich aber wichsen. Wieder mal. Susanne, ich will dich haben.«

Endlich hörte sie auf. Es war Kasimir so was von peinlich. Es war der schlimmste Augenblick seines jungen Lebens.

»Du gehst also zu einer Nutte?«, fragte sie.

»Ja. Ist okay. Bevor Sie mich jetzt komplett verarschen: Geben Sie mir mein Handy zurück und ich gehe.«

»Habe ich das gesagt? Ich weiß nicht, warum, aber es reizt mich sehr, zu erfahren, was dir die scharfe Rita beigebracht hat. Mir kommt da eine Idee. Bevor wir weiterreden, werde ich dir jetzt etwas sagen. Du wirst mit niemandem darüber sprechen. Wenn du dich nicht daran hältst, kannst du was erleben. Ich schreibe dir jetzt eine Adresse auf. Dort werden wir uns am Freitag treffen. Punkt achtzehn Uhr. Ich an deiner Stelle würde nicht einmal mehr wichsen. Falls du dir Gedanken machst – String. Schwarz. Mit sechsundvierzig Jahren. Angenehme Gedanken.« Susanne schob ihm einen Zettel zu und stand auf.

Kasimir war steinhart im Schritt. Noch konnte er nicht glauben, was die beste Moderatorin gerade zu ihm gesagt hatte. Als sie die Cafeteria verließ, schaute er gierig auf ihren heißen

Arsch. Knackig, breit und griffig. Ein Traum. Er blickte auf den Zettel. Der Ort lag etwas außerhalb der Stadt, es war eine ehemalige Kleingartenanlage der DDR. Eine hübsche Gegend. Gehörte Susanne eines der kleinen Häuschen dort?

Mit einem breiten Lächeln verließ er den Sender. Als er mit seinem Fahrrad nach Hause fuhr, konnte er es immer noch nicht glauben. Ein Date mit Susanne Heppner. War es vielleicht schon kein Date mehr, sondern bereits die Verabredung zu einer geilen Nummer? Er war schon etwas aufgeregt. Zum Glück hatte er mit Rita auch die Ausdauer geübt. Er knallte sie, bis er kurz vor dem Höhepunkt war, und gönnte sich dann in ihrem reifen Körper eine Verschnaufpause.

***

In den folgenden Tagen schwebte er auf Wolke sieben.

Am Freitag nach der Schule besorgte er einen Blumenstrauß und machte sich voller Freude und mit einer harten Latte mit seinem Fahrrad auf den Weg. In seinem Kopf spielten sich die geilsten Filme ab. Sein Erregungslevel glich dem eines Tieres auf Paarungssuche, sein Testosteronpegel lag sicherlich weit oberhalb der normalen Parameter.

Bald erreichte er die Datschasiedlung. Viele kleine Häuschen standen rechts und links der Straße. In einigen Häusern brannte Licht. Mit den Gartenhäuschen der westlichen Kleingärten konnte man die Hütten nicht vergleichen. Alle bestanden aus gemauertem Stein, hatten ein gedecktes Dach, Strom, Wasser und fast alle einen Kamin. Neugierig schaute er sich um. Wo war die Nummer achtundzwanzig, die er suchte? Zwanzig, vierundzwanzig, achtundzwanzig. Er war angekommen. Vor dem Haus stand ein schwarzer Kombi, im Haus brannten Kerzen. Eine nette Behausung.

Kasimir war neugierig und maßlos geil. Mit dem Blumenstrauß machte er sich auf den Weg zur Haustür. Bevor er klopfen konnte, wurde diese schon geöffnet. Susanne grinste ihn an. Er blieb stehen und schaute sie an wie ein Auto. Träumte er? Sie trug ein transparentes, langes grünes Kleid, das mit diversen Glitzersteinen besetzt war.

»Komm rein. Nicht jeder muss mich so sehen, außerdem ist es kalt.«

Kasimir folgte ihrer Bitte sofort. Susanne schloss die Tür hinter ihm. In einer Ecke des kleinen Hauses knisterte ein Kamin und verbreitete eine angenehme Wärme.

Er drehte sich um und schaute sie an. »Du trägst keine Unterwäsche. Ich kann deine Brüste sehen.«

Sie lachte dreckig. »Bitte! Wir sind hier nicht im Mädcheninternat. ›Brüste‹? Du nimmst das Wort doch nur in den Mund, weil du nicht weißt, was dich erwartet, und du mich bumsen willst. Kannst ruhig ›Titten‹, ›Möpse‹ oder ›Glocken‹ sagen. Ach ja, und sag bitte nicht ›Vagina‹ zu meiner nassen Fotze.«

Kasimir schaute sie von oben bis unten an. Er sah ihre vollen fleischigen Titten, ihren curvy Bauch und ihre rasierte Möse. Noch nie hatte er eine Frau in einem so durchsichtigen Teil gesehen. Es war bis zu ihrem Bauch geschlitzt. Bis zu ihrem Bauch! Eine Tatsache, die ihn schockierte und noch mehr erregte. Immer noch rang er nach Fassung.

»Ich muss dich wohl erst einmal beruhigen«, hauchte sie und griff nach seiner Hand.

Einen Augenblick später berührte er ihre Möse, die wirklich nass war. Sein Schwanz brüllte vor Lust und wollte befreit werden.

»Ausziehen, junger Mann«, sagte sie grinsend.

Das musste sie ihm nicht zweimal sagen. Schnell zog er sich aus. Hatte Kasimir Hemmungen, seine Latte zu zeigen? Nein, warum auch? Kurz darauf stand er nackt vor ihr.

Sie musterte seinen Körper und ließ dann ebenfalls die letzten

Hüllen fallen. Somit hatte er eine ungetrübte Sicht auf ihren fleischigen Körper. Voller Lust leckte er sich über die Lippen.

»Dein schmutziger Text hat mich inspiriert. Wir werden einen kleinen Film drehen, wenn auch ohne Kamera. Ich werde dir zeigen und erklären, wie man eine Frau verwöhnt.« Sie griff nach seiner Hand und führte ihn eine schmale Holztreppe hinauf. Ihre Kiste war ein Traum. Glatt, weich und sexy. Ein schöner Anblick. Im ersten Stock hatte sie alles vorbereitet. In einem großen Raum stand einzig und allein ein weißes Bett auf unbehandelten Holzdielen. Er blickte sie gierig an. Ihre vollen, fleischigen Titten hingen leicht.

»Zieht dich die Rita aus oder machst du es selbst?« Susanne wartete seine Antwort nicht ab. Lasziv legte sie sich auf das Bett, spreizte weit die Beine und zog mit den Fingern ihre Schamlippen auseinander.

Was für ein geiler Anblick. Kasimir sah ihr hellrotes Fleisch. War er geil? Ja. Sie schaute auf seinen harten Hobel, der intensiv tropfte.

»Bereit für die erste Lektion?«, fragte sie.

»Ja, ich will dich haben.«

Ein verdorbenes Lächeln legte sich über ihr Gesicht. Mit dem Zeigefinger signalisierte sie ihm, dass er zu ihr kommen sollte. *Nur zu gern, meine Liebe.* Die Gedanken in seinem Kopf waren vollständig auf die Fortpflanzung ausgerichtet. Mit seinem Dolch stand er jetzt vor ihrem Bett. Ihre süßen Knospen waren hart und so schön dick.

»Dann will ich mal sehen, was mein heißer Fan so draufhat. Deine erste Aufgabe ist es, meine geilen Titten zu verwöhnen. Mit der Zunge.«

Was für eine Aufforderung. Nie hätte er sich träumen lassen, dass er mal in diesen Genuss kommen würde. Voller Lust kniete er sich zwischen ihre Schenkel. War es Zufall oder gewollt? Als sein harter Pinsel ihre Spalte berührte, zuckte er zusammen. Es fehlte nicht viel und er wäre gekommen. Susanne machte ihn einfach geil. Doch Kasimir hatte eine Aufgabe. Langsam näherte er sich ihren Zitzen, die ihn intensiv angrinsten. Mit Sicherheit wollte sie es zärtlich haben. Nur mit der Zungenspitze leckte er über ihre Haut, stimulierte sie so eine Weile. Dann senkte er den Mund und begann, an ihren Nervenzentren zu knabbern.

»Du musst meine Nippel mehr umspielen. Stell dir vor, sie sind Inseln und werden von den Wellen des Meeres, also deiner Zunge, umspielt. Wenn du es gut machst, dann wichst dich deine Königin.«

Er schaute sie fragend an. Stand sie auf SM?

»Schatz, es war nur Spaß. Du kommst zu deinem Vergnügen. Ich bin ziemlich gut darin, Männer glücklich zu machen«, erklärte sie.

»Daran habe ich nicht den Hauch eines Zweifels«, antwortete er grinsend.

Er legte seine Lippen um ihre harten Antennen und begann, mit der Zunge ihre Inseln zu verwöhnen. Einige Augenblicke brauchte er, bis er ein Gefühl dafür entwickelte. Doch dann begann Susanne lustvoll zu stöhnen. So schlecht war er also nicht. Spätestens als er ihre Hand an seinem Schwanz spürte, wusste er, wie seine Leistung bewertet wurde. Es war ein Traum. Die Frau, die jeden Abend in Millionen von Haushalten zu Besuch war, wichste sein Rohr, und das machte sie fantastisch. Er spürte ihre Erfahrung.

»Gefällt es dir? Meine Männer nennen meine Hand nur ›Entsaftungsmaschine‹. Kaum ein Kerl hält es länger als fünf Minuten aus und spritzt dann lustig drauflos.«

»Lass mich nicht kommen, ich will in dir spritzen. Es ist mein Recht.« Diese Forderung überstieg mit Sicherheit seine Kompetenzen, aber er wollte alles tun, um sich seinen Traum zu erfüllen.

Sie schaute ihn an und hörte auf. Ein Sieg für Kasimir. Grinsend griff sie zu einem Pfirsich. »Schau mich an. Ich zeige dir jetzt, wie man eine Frau leckt. Als Beispiel nehmen wir einen Pfirsich. Siehst du die kleine Einkerbung? Die perfekte Nachbildung einer süßen Spalte. Meiner süßen Spalte. Mit der Zunge umspielst du die Einkerbung und verwöhnst die Unebenheit mit der Spitze deiner Zunge.«

»So?«, fragte er und senkte den Kopf.

Das Geld für Rita machte sich jetzt bezahlt. Er hatte ihr mehrfach die Fotze geleckt und sich zeigen lassen, wie es eine Frau gern hatte. Jetzt verwöhnte er Susanne, wie sie es beschrieben hatte, mit ganz viel Liebe. Laut seufzte sie. Ihr Bauch zitterte und ihr Atem beschleunigte sich. Dem süßen Stück gefiel es und er machte weiter. Mehrere Minuten verwöhnte er sie so. Dann riss Kasimir den Kopf hoch und lächelte sie an.

Susanne war knallrot im Gesicht. Er sah ihre Lust. »Ja, war ganz nett. Jetzt steckst du deine Zunge in die Perle und fickst das süße Loch mit der Spitze. Behutsam und vorsichtig.«

Auch das war für ihn nichts Neues. Wie sie es wünschte, züngelte er an ihrer schönsten Öffnung herum, öffnete sie mit der Spitze seiner Zunge.

Susanne schleimte wie eine Weinbergschnecke. »Aaah … Uh … Oh …«

Er grinste innerlich. *Auf deine Nachhilfe kann ich oral gern verzichten, aber vielen Dank für den Versuch.* Nein, diese überheblichen Worte, die durch seinen Kopf geisterten, wollte er ihr nicht an den Kopf knallen. Diesmal gab er die Dauer vor. Irgendwann schaute er sie an. Ihre Haare waren klitschnass, und das lag nicht an der Hitze.

Ihre Augen glänzten. »Das war ausgezeichnet. Du darfst mich haben. Fick mich.«

Besonders die letzten zwei Worte waren Musik in seinen Ohren. Fast zwei Jahre hatte er von diesem Augenblick geträumt und nun war er endlich da. Seine Traumfrau war wunderschön nass, ihre Nippel steinhart und ihr Lächeln sagte ihm deutlich, was sie wollte: gefickt werden! Kasimir setzte seinen Stab an und drückte ihn langsam Zentimeter um Zentimeter in ihre Spalte. Diesen Augenblick wollte er für immer in Erinnerung behalten. Ihre Enge war ein Traum. Seine Sahne brodelte. Immer weiter öffnete er sie und drang dabei schön tief in sie ein.

Das süße Luder ging mit und verwöhnte ihre Knospen. Ein geiler Anblick. Wie sie ihn anschaute, war Sünde pur und so was von lasziv. Kasimir kämpfte mit seiner Lust, wollte nicht sofort spritzen. Susanne war ein Traum. Ihre prallen Titten waren für ihr reifes Alter verboten schön.

»Meine Güte, du bist gut«, stöhnte Susanne.

Kasimir grinste sie an. Was für ein schönes Kompliment und dann auch noch von so einer schönen Frau. Susanne wurde immer schöner, schön geiler. Laut seufzte sie. Ihre harten Knospen standen steil in die Höhe. Nun packte er ihre Beine und zog sie noch ein Stück weiter auseinander. Ihre Blume sah traumhaft schön aus, vor allem wenn sein Schwanz in ihr steckte. Er richtete sich weiter auf und stieß sie gefühlvoll. Ja, so brauchte sie es. Ihre warmen und reifen Finger strichen über seinen Arsch. Ihre künstlichen Fingernägel berührten seine Säcke. Boah, fast wäre er gekommen.

Konnte sie seine Gedanken lesen? »Will mein süßer Journalist noch nicht kommen? Wenn ich brav gebumst werde, dann reden wir mit Sicherheit über ein Volontariat im Sender … und bei mir.«

Was für geile Aussichten. Damit meinte er nicht nur ihren nackten sexy Körper, der offen vor ihm lag, sondern auch die Aussichten, die sie ihm bot. Mit den Händen stützte er sich auf dem Bett ab und beugte sich zu ihr hinunter. Hastig drückte er ihr seine Lippen auf den Mund. Es fühlte sich sündig an.

»Oh, habe ich zu viel versprochen? Wir können gleich noch über die Bezahlung sprechen. Ich meine Geld und meine Entsaftungswährung.«

»Du bist so was von verdorben.« Er grinste und stieß hart zu.

Susanne verzog das Gesicht und stöhnte laut. Jetzt hatte er den perfekten Winkel, um sie richtig hart zu stoßen.

»Trägst du bewusst so sexy Sachen oder ist es dir egal? Du sprichst nie über deine kurzen Röcke, die tiefen Ausschnitte und solche Sachen.«

»Du meinst die engen Hosen? Natürlich trage ich die Sachen, um die Männer geil zu machen. Ich sehe gut aus, bin heiß und sehr gut im Bett. Kurze Frage: Bin ich dir auch eng genug?«

Er grinste sie an. Susanne war ein Traumweib. Während sie bumsten, redeten sie ganz normal miteinander. Ihr süßer Schlafzimmerblick war so was von sexy.

»Stehst du darauf, eine Frau zu erniedrigen? Du kannst mir auf die Titten spucken und ich verteile deinen Speichel auf meinen Hupen. Hast du Bock?«

Die Frage hätte sie sich schenken können. Was sie anbot, war so geil verdorben. Kasimir senkte den Kopf.

»Ich will sehen, wie du mich anspuckst. Noch geiler ist, wenn du mir in den Mund spuckst. Mach es.« Susanne öffnete den Mund und streckte ihre Zunge raus.

Immer größer wurde seine Lust. Hatte sie einen speziellen Fetisch? Egal. Er sammelte seinen Speichel und spuckte.

Sie schluckte. »Titten«, seufzte sie.

Auch diesem derben Wunsch kam er nach und spuckte ihr auf die Titten. Grinsend rieb sie sich ein. Glänzende Möpse, ein Traum. Er steckte immer noch tief in ihr. Sie schauten sich an.

»Willst du mich von hinten im Stehen nehmen?«, fragte sie grinsend.

Wie verdorben war sie nur? Im Fernsehen und auf ihren sozialen Kanälen zeigte sie sich zwar sexy, verlor aber kein Wort über die schönste Sache der Welt. Und hier bot sie sich an wie eine Nutte. Sein Bolzen zuckte vor Lust.

»So kann man seine Antwort auch verpacken. Dann komm, mein Liebling.«

»Ich will nicht raus, du bist so schön warm«, jammerte er.

»Es gibt eine Belohnung.«

»Dann aber schnell.« Kasimir löste sich aus ihrem Körper.

Willig stand Susanne auf und stellte sich ans Fenster. Ihr knackiger Arsch war so fest und prall. Ein Traum.

Mit seinem harten Schwanz stellte er sich hinter ihren Körper und streichelte über ihren schlanken Bauch. »Du bist ein Geschenk«, hauchte er.

»Tja, damit hast du dir mindestens zwei weitere Entsaftungsnummern gesichert. Wie, wo und wann besprechen wir noch. Aber jetzt will ich gefickt werden. Ich überlasse es dir, wie du mich bumst.«

Sie gab ihm freie Hand. Liebevoll schmiegte er sich an ihr Heck.

»Ich will gepimpert werden«, hauchte sie und griff zwischen ihren Beinen nach seinem Hobel. Einen Augenblick später steckte er wieder in seiner Waschanlage.

»Jetzt besser?«, hauchte sie.

Kasimir schwieg und nahm sie hart. Seine Hand wanderte zu ihrem Schritt und dann zu ihren dicken Titten, die in ihrer leicht vorgebeugten Haltung noch besser zur Geltung kamen. Susanne streckte ihren Rücken durch. Die zwei Körper rieben sich aneinander. Noch einmal kontrollierte er ihre Lust, indem er ihre Nippel massierte.

»Hast du deine Antennen ausgefahren?«, flüsterte er ihr ins Ohr und schob ihr seine Zunge hinein.

»Schatz, du hast den Test bestanden. Wir machen alles, was du willst, aber mach es mir. Bitte.«

In dem Augenblick war Kasimir der glücklichste Mensch auf der Welt. Er legte seine Hände auf ihre Schultern und fickte sie hart und geil. Ihr Körper bebte unter seinen Stößen.

»Ja, ich mag es hart«, schrie sie und senkte ihren Kopf. Sie stöhnte und seufzte laut, als hätte sie Wehen.

Kasimir gefiel die Rolle des stillen Beobachters, auch wenn er mit seiner Lust genug zu tun hatte.

Eine Minute später fühlte er Gänsehaut auf ihren Titten. Gleich würde sie so weit sein.

»Ja!«, schrie sie und grunzte laut. Susanne schnaufte und hechelte wie verrückt. Ihre Hüften zuckten. Die beste Moderatorin der Welt kam und er steckte tief in ihrem Körper.

Es war einer der schönsten Augenblicke in seinem Leben. Und sie vergaß ihn nicht. Mit einer Hand griff sie nach seinen Eiern und führte ihre Finger so zusammen, als wollte sie eine Frucht vom Baum pflücken. Für Kasimir war das eine ganz neue Erfahrung.

Geflasht von der Berührung, entlud sich seine Gier in einem Atompilz der Befriedigung. Mit großer Erleichterung pinselte er seine Traumfrau. Geil. Noch während er kam, griff sie nach einem Taschentuch und hielt es sich unter die Möse.

»Ich kann deine Sahne gar nicht aufnehmen, du gibst mir einfach zu viel.« Sie lachte verdorben.

Kasimir war über beide Ohren verliebt. Das Paar verbrachte die ganze Nacht bei wenig Schlaf und ganz viel Lust zusammen in ihrem Bett.

Der geile Trainer

Die Uhr lief. Die roten Ziffern auf der elektronischen Anzeigetafel, die direkt neben der Ziellinie aufgestellt war, zählten unbarmherzig hoch. Seine Mannschaft lag in Führung. Es waren noch etwa einhundertfünfzig Meter. Ein Mal musste der Staffelstab noch weitergegeben werden. Ein Mal mussten die zwei Körper noch wie ein Uhrwerk funktionieren.

Merle kam in die Wechselzone, Saskia war bereits gestartet. Jetzt kam es drauf an. Die zwei jungen Frauen versuchten den Wechsel. Er gelang nicht. Thomas raufte sich die Haare. Sie hatten noch etwa zehn Meter, um den Staffelstab gemäß den Regeln innerhalb der Wechselzone weiterzureichen. Nein, der Stab fiel zu Boden. Es war vorbei.

Wütend warf er sein Klemmbrett weg, auf dem er die Zeiten der einzelnen Sportlerinnen notiert hatte. Sie waren drei Wochen von der Europameisterschaft entfernt und übten den Wechsel innerhalb der Vier-mal-hundert-Meter-Staffel jeden Tag. Alles war besprochen, jeder Handgriff war geübt worden. Und nun? Verloren die Mädels den Stab. Der erfahrene Trainer hätte kotzen können.

Wie begossene Pudel starrten die Läuferinnen auf die große Anzeigetafel, die am Rand des Stadions angebracht war und das Rennen ins weite Rund des großen Stadions übertrug.

Er wartete vor der Umkleide der Frauen. In ihrer knappen Sportlerkleidung kamen die vier auf ihn zu. »Meine Damen, es war mir eine Freude, zu sehen, wie dumm Sie sind. Wie kann man nur so bescheuert sein«, polterte er los.

»Thomas, es ist okay. Wir haben es verkackt«, murrte Merle ihn an.

»Wollen wir jetzt auch noch frech werden? Was war los? Alles habe ich erklärt. Wir haben uns Videos angesehen. Jede Handbewegung habe ich erläutert. Es sogar vorgemacht. Wie kann man nur so bescheuert sein? Wir reden heute Abend.«

Mit gesenktem Kopf schlossen die Frauen die Tür hinter sich.

Seine Wut war noch lange nicht verraucht. Am Abend würde er den Mädels noch einmal den Kopf waschen. Besonders auf

Merle war er sauer. Na ja, eigentlich war genau das Gegenteil der Fall, aber es konnte und durfte nicht sein. Sie war wunderhübsch, groß gewachsen mit endlos langen Beinen, hatte lange blonde Haare und eine Ausstrahlung, die einen Mann nur erregen konnte.

Er war einer der Bundestrainer des deutschen Leichtathletikteams, das zur EM reiste. Mit seinen vierunddreißig Jahren war er einer der jüngsten im Trainerteam. Seine Kollegen beäugten den Shootingstar mit Argwohn. Seine eigene Karriere als Sportler war nicht besonders erfolgreich gewesen, aber er hatte das gewisse Etwas, das man als Lehrer brauchte. Leute begeistern, Wissen vermitteln und Leute führen lag ihm einfach im Blut.

Er hatte sich gegen einige Widerstände durchsetzen müssen. Jetzt wollte er es allen zeigen und dafür brauchte er Erfolge. Die Staffel war die Chance, sich die Sporen zu verdienen, die ihn von einem Greenhorn zu einem Erfolgstrainer machen würden. Fehler konnte und wollte er nicht dulden.

***

Zwei Stunden später saßen die fünf in einem der Gruppenräume der Jugendherberge, in der sie untergebracht waren. Es war unglaublich warm, daher waren die Mädels sehr luftig angezogen. Ihr Trainer war es gewohnt, mit halb nackten Frauen zu arbeiten. In den ersten Wochen und Monaten hatte er sich stark zusammennehmen müssen, um den Reizen der jungen Frauen nicht zu erliegen. Natürlich waren sie alle hochgezüchtete Stuten. Wenn man den ganzen Tag nur seinen Körper stählte, dann wurde der irgendwann ziemlich sexy.

Merle sah an diesem Abend wieder so was von heiß aus. Sie trug ein bauchfreies Top und kurze Leggins, die nicht viel von ihren braun gebrannten Schenkeln bedeckten. Ihre Haut glänzte im Licht der Sonne. Für eine Sportlerin hatte sie relativ große Titten.

»Meine Güte, was ist das hier für eine Stimmung? Ja, wir wurden disqualifiziert, aber das ist doch kein Weltuntergang«, polterte sie los.

Thomas bekam Schnappatmung. Wenn er etwas hasste, dann war es Kritik von »seinen« Sportlerinnen. »Ach ja? Hätte auch bei der EM passieren können. Was wäre dann gewesen? Wäre das dann auch okay gewesen? Bei einer EM verzeiht man keine Fehler«, reagierte er gereizt.

»Nein. Auch wenn ich blond bin, bin ich nicht dumm. Mich kotzt es an, mit welcher Strenge du uns behandelst. Es ist doch bekannt, warum du eine beschissene Medaille willst. Weil du sie für dein Ego brauchst. Schaut her, ich bin noch so jung und habe es trotzdem drauf.«

Er sprang auf, sie auch. Thomas wusste nicht so richtig, wie er reagieren sollte. »Auf dein Zimmer!«, brüllte er sie an.

»Oh, der Herr stößt auf Widerstand und hat nichts mehr zu bieten. Fick dich«, schnauzte sie ihn an und verließ den Raum.

Sie war sauer. Ja, der Wechsel war absolut unterirdisch gelaufen. Merle wusste genau, wer an dem fehlerhaften Wechsel schuld war. Sie. Vor nicht mal zwei Tagen hatte sich ihr Freund von ihr getrennt. *Wir haben uns auseinandergelebt.* Diese Floskel würde sie nie in ihrem Leben vergessen. Männer waren solche Schweine. Sie schob Frust, und das nicht zu knapp. Thomas kam ihr da genau richtig. Sie mochte ihn, aber wie er sich aufführte, war zum Kotzen. Er wollte den Erfolg um jeden Preis. Für sein Ziel verachtete sie ihn nicht, aber für seine Methoden. Sie war keine dumme Göre mehr.

Merle schnürte sich die Schuhe und ging laufen. Die Jugendherberge lag inmitten eines kleinen Waldes und die frische Waldluft tat ihr gut. Mehr als vier Mal umrundete sie die weitläufige Herberge.

Als sie ziemlich erschöpft und total verschwitzt zurückkehrte, saß Thomas unter einem Baum. Sie sah, wie ihm der Tag zugesetzt hatte. Merle kaufte am Kiosk zwei eisgekühlte Flaschen Bier und gesellte sich zu Thomas, der vor sich hinstarrte.

»Hier.« Sie reichte ihm ein Bier.

»Danke«, flüsterte er und nahm ihr die Flasche aus der Hand.

So saß das Duo nebeneinander. Sie spürte seine Blicke auf ihren nassen Schenkeln. Das erregte sie sehr. Sie wünschte sich, mal wieder begehrt zu werden und Sex zu haben. Sie seufzte. Schon vor der Trennung war es in ihrer Beziehung nicht mehr gelaufen, sie hatte seit drei Monaten keinen Sex mehr gehabt. Sie konnte sehr direkt sein, so auch in dieser Situation. Hemmungslos schaute sie Thomas zwischen die Beine, wo sich eine leichte Beule abzeichnete. Er war erregt. Na also, sie hatte es noch drauf. Hübsch zu sein, war Fluch und Segen zugleich. Segen, weil man mit etwas Haut ziemlich weit kam. Fluch, weil sie sich immer fragte, ob ein Mann sie wirklich akzeptierte oder sie nur besteigen wollte.

»Sorry, wenn ich zu hart war«, hauchte er und nahm einen kräftigen Schluck Bier.

»Passt schon. Dann ist wenigstens ein Typ hart zu mir«, antwortete sie.

»Kein Typ am Start?«, fragte er.

»Lange Geschichte. Nein.«

Sie schwiegen eine Weile. Es war eine eigenartige Atmosphäre.

Merle spürte das gewisse Etwas in sich. Die Sahne auf der Torte. Seine Beule faszinierte sie. »Ich will ihn anfassen«, hauchte sie.

Was sie forderte, war Sünde. Mit Sicherheit würde er aufspringen und sie aus dem Team werfen. Es war ihr egal. Eine Mischung aus Frust, Lust und Sehnsucht hatte von ihr Besitz ergriffen.

Thomas wusste nicht, wie er reagieren sollte. Sollte er ihr sagen, es sei okay? Auf eine weitere Auseinandersetzung hatte er keine Lust. Wenn er ehrlich war, erregte sie ihn auch.

Sie nahm ihm die Entscheidung ab. Kurzerhand zog sie ihr Top aus und legte es auf seinen Schoß. Ein wunderschöner schwarzer BH bedeckte ihren sexy Oberkörper. Ihr Bauch glänzte. Wortlos fasste sie in seine Hose und berührte seinen bockenden Schwanz. Ui, wie hatte sie das vermisst. Schön warm und nass. Nass. Sie schaute ihn an, sagte aber nichts. Er grunzte leise, als sie seine Eichel freilegte. Sie spürte Sehnsucht und Lust in sich. Es war schön, mal wieder einen Riemen verwöhnen zu dürfen. Sie lief aus, der warme Fluss der Lust lief aus ihrer Spalte. Da ihr Höschen schon nass war, hatte sie kurz darauf einen nassen Arsch.

»Ich bin geil … auf dich«, seufzte sie.

»Merle, ich bin verheiratet«, sagte er stöhnend.

»Ist sie hier? Befriedigt sie dich?«

»Nein, ist sie nicht, aber das liegt nicht an ihr. Ich muss jetzt wieder rein.«

Es war eine Lüge. Beide wussten es und sie akzeptierten es.

Thomas stand auf und ließ sie allein sitzen. Vielleicht war es richtig so, vielleicht aber auch nicht.

Sie trank ihr Bier aus und blieb noch einige Minuten unter dem großen Baum sitzen. Als es dunkel wurde, ging sie hinein und legte sich ins Bett. Es war immer noch warm und sie konnte kaum schlafen.

Mitten in der Nacht stand sie auf. Die Zimmer hatten keine eigenen Badezimmer. Jeder Flur besaß ein WC mit Dusche für Frauen und eins für Männer. Für die junge Sportlerin war das nichts Ungewöhnliches. Bei vielen Sportveranstaltungen wohnten die Sportler in Unterkünften, die meist günstig sein mussten. Das WC für Männer lag näher an ihrem Zimmer als das für Frauen. Es war mitten in der Nacht und niemand zu sehen. Warum sollte sie weiter laufen, als sie musste? Kurzerhand bog sie ab und benutzte das WC für Männer. Sie wusch sich das Gesicht. Das kühle Nass lenkte sie ab. Da drangen Geräusche und ein leises Pfeifen an ihr Ohr. Wer duschte um die Zeit? Sie blickte in den Duschbereich.

Thomas trocknete sich gerade ab. Er schaute sie an und sie ihn. Was hatte er sich erschrocken. Sie sah so was von hübsch aus. Er wurde hart und das nicht zu knapp. Ein weißer String und ein weißes Shirt unterstrichen ihre heißen Kurven. Auf einen BH hatte sie offenbar verzichtet, man sah ihre jungen sexy Hügel. Sein Mast wuchs und wuchs. So geil war er selten in seinem Leben gewesen. Ein wenig peinlich war es ihm schon.

Sie fasste beherzt zu und berührte erneut seinen Stab. Thomas hätte Nein sagen müssen, doch es war ihm egal. Ihre warmen Finger fühlten sich wunderschön an.

»Mach es mir mit dem Mund«, flehte er.

Sie kniete sich vor ihn. Als er ihre Lippen an seiner Eichel fühlte, zuckte er zusammen.

»Na, na. Noch wird hier nicht gespritzt.« Sie lachte dreckig und kümmerte sich intensiv um seine heiße Nudel.

Endlich hatte sie wieder etwas zu tun, das ihr Spaß machte. Blasen konnte sie gut und sie mochte es auch sehr. Wenn der harte Pimmel unter ihren Lippen zuckte, war sie in ihrem Element. »Wollen wir duschen?«, fragte sie.

Er nahm ihre Hand und zog sie unter den Duschkopf. Einen Augenblick später lief warmes Wasser über zwei erhitzte Körper. Das weiße Shirt betonte ihre Möpse. Thomas drückte sie mit dem Rücken gegen die gekachelte Wand. Sie grinste ihn an und hob ein Bein.

»Upsi, jetzt bin ich wohl offen«, sagte sie grinsend.

»Es tut mir leid, ich wollte nicht so durchdrehen«, hauchte er und küsste sie.

Doch sie hatte ihm längst verziehen. Sie war ja auch nicht gerade schuldlos. Sie spürte seine harte Latte an ihrer Spalte. Zum Glück hatte sie noch schnell ihren String ausgezogen. Sie kontrollierte seine Härte und wichste ihn, verwöhnte ihn. Es war ein Traum. Langsam rutschte er in ihren jungen heißen Körper.

»Können wir noch mal den Stabwechsel durchspielen? Er liegt gerade so gut.« Dreckig lachend öffnete sie die Lippen. Sie wollte geküsst werden und er tat ihr den Gefallen.

Zwei Körper, die Lust aufeinander hatten und sich ihrer Erregung hingaben. Sie küssten sich nicht nur, sie streichelten sich. Seine Hände spielten an ihrem Arsch. Ihre Hände streichelten über seine Brust. Mit den Fingerspitzen strich sie über seine Brustwarzen. Sie verschmolzen miteinander. Es gab keine Zukunft und keine Vergangenheit. Es gab nur die zwei Quadratmeter unter der Dusche. Ihre Lust auf Sinnlichkeit, das warme Wasser und sein heißer Stab in ihrer Spalte waren eine Mischung, die ihre Sinne berauschte. Sie verwöhnten sich.

Es fühlte sich an wie Stunden. Er wollte nicht kommen und es war wunderschön. Sie genoss seinen Stecker in ihrer Dose. Ausdauernd fickte er sie mit perfekt aufeinander abgestimmten Stößen.

Die Welle kam näher und näher. Sie wusste es und wartete darauf. Merle schloss die Augen und ließ los. Einen Augenblick später spürte sie den Gipfel der Lust, der ihre Sehnsucht befriedigte. Es war ein Traum und sie lebte ihn. Gefühlvoll fickte er sie weiter. Alles hätte er mit ihr anstellen können, es war okay. Tief seufzte sie, als er einfach weitermachte.

»Du bist so schön«, hauchte er.

Sie genoss seine Komplimente. Sie war wie eine Pflanze kurz vor dem Verdursten – seine Aufmerksamkeit und seine Nähe waren das Wasser, das sie brauchte.

Thomas war von sich selbst überrascht. Er kochte vor Lust,

aber sie war für ihn viel zu wichtig, um sich einfach nur an ihrem Körper zu befriedigen. Thomas wollte sie glücklich machen. Ja, er war sehr zärtlich, aber Merle hatte es verdient. Wieder küssten sie sich auf den Mund.

Sie setzte an und sprang an ihm hoch, dann verschränkte sie ihre Beine hinter seinem Becken. »Tiefer kann ich dich nicht aufnehmen«, sagte sie stöhnend.

Was er in ihren Augen sah, konnte er nicht in Worte fassen. Sie war glücklich und öffnete sein Herz. »Melkst du mich gerade?«, fragte er leise.

»Wir wollen nichts verschenken«, antwortete sie total versaut.

Was für eine Antwort. Weiter liebten sie sich. Sie melkte ihn ab, es war wunderschön. Ihr Körper war ein Traum. Immer noch trug sie das Shirt, welches jetzt klitschnass war und ihre Titten so schön nachzeichnete.

»Spritz mich voll«, flüsterte sie.

Es waren auch die Worte, aber viel schöner war ihre Stimmlage. Sie war glücklich, was ihn wiederum glücklich machte.

Einige Augenblicke später kam er und gab ihr alles, was er hatte. Verliebt legte sie ihren Kopf auf seine Schulter und seufzte leise. Es war ein Traum. Er kam und sie genoss es.

»Ja, gib mir das Beste von dir.«

Als sie die Dusche abstellte, fing ihre Haut bereits an aufzuweichen. Er trocknete sie ab.

Draußen wurde es allmählich etwas heller. »Die Sonne geht schon auf. Wir sollten versuchen, ein wenig zu schlafen«, meinte sie.

Das Duo küsste sich noch einmal und sie gingen ihrer Wege. Doch an Schlaf war nicht zu denken. Merle teilte sich ein Zimmer mit ihren Kolleginnen und Thomas schlief mit einem Trainerkollegen in einem Zimmer.

***

Der große Vorteil an der Jugendherberge war das Frühstück. Es gab ein reichhaltiges Büfett. Saft, Kaffee, Brötchen, Käse, Müsli, Frischkäse, Marmelade, Honig und diverser Aufschnitt ließen keine Wünsche unerfüllt.

Merle war total nervös, aber nicht weil sie besorgt, sondern weil sie maßlos erregt war. Boah, so geil war sie lange nicht mehr gewesen. Der Sex war bombastisch. Thomas hatte nicht nur als Trainer was drauf, sondern auch als Lover. Sie platzte vor Freude und musste doch so tun, als wäre alles wie immer. Die Mädels durften nicht wissen, was passiert war. So schwieg sie und strahlte nach innen hinein.

Thomas erging es nicht anders. Auch er war von der nächtlichen Aktivität mehr als angetan. Doch so leicht war es für ihn nicht. Immerhin wartete zu Hause seine Frau auf ihn. Wenn jemand mitbekommen hatte, was passiert war, wäre er seinen Job los. So weit war es aber noch lange nicht.

Als er mit dem Masseur den großen Speisesaal betrat, schluckte er. Zwar schaute er den Mädels gern mal auf den Hintern oder die Brust, aber nur weil er mal schauen wollte. Welcher Mann sah nicht gern leicht bekleidete Mädchen, die ihre wundervollen Körper zeigten? Schon als er sah, wie sexy ihn Merle anschaute, wurde er hart im Schritt. Er musste sich wirklich zusammenreißen. Die heiße Maus trug ein knappes weißes Shirt, darunter einen weißen BH. Das T-Shirt war so transparent, dass man die Verzierungen ihres BHs sehen konnte. Ihre Möpse waren herrlich knackig. Ewas weniger als eine Handvoll, perfekt für ihn. Die Mädels saßen zusammen, sodass er nicht bei ihr sitzen konnte. Scheiße. Also setzte er sich mit den Männern an den Tisch daneben. Er wollte in ihrer Nähe sein, auch wenn es verboten war.

Sie stand auf. Wieder seufzte er. Eine kurze weiße Turnhose

bedeckte ihren knackigen Arsch. Auch ihre Hose war durchsichtig und offenbarte einen weißen String. Meine Güte, was war sie schön.

Merle stand am Büfett. Allein. Seine Chance.

Thomas sprang auf und tat so, als wäre alles wie immer. Kurz darauf stand er neben ihr.

»Na, was sagst du zu meiner Kleidung? Ich fühle mich heute so sexy. Keine Ahnung, warum. Heute früh war mein Höschen feucht. Komisch. Mir war so, als wäre ich gevögelt worden. Hast du eine Ahnung, wie ich zu diesem Gedanken komme?«

Ihre lasziven Worte erregten ihn sehr. Wieder schaute er auf ihren knackigen Arsch. Ihre Kiste war wunderschön rund und fest.

»Sind wir wieder hart? Ich kann mir schon eine zweite Runde vorstellen. Schön deinen Schwanz wichsen und dann geil von hinten genommen werden. Du kannst dir natürlich aussuchen, wo du in mir kommst. Vielleicht auf meinem Arsch? Vielleicht muss ich auch schlucken? Meine Titten könnten auch mal wieder eine Ladung Sperma gebrauchen.« Sie schaute kurz auf seine Hose und grinste. Seine Erregung war nicht mehr zu übersehen. Ihre direkte Art machte ihn wahnsinnig vor Lust.

»Ich gehe jetzt aufs Zimmer, weil ich was vergessen habe. Du kommst nach. Ich will deine Fotze haben«, sagte er und ließ sie stehen.

Sie strahlte über das ganze Gesicht. Sie wusste, wie man Männer geil machte. Merle lernte schnell. Ihren ersten Stecher hatte sie in einer Diskothek kennengelernt. Kurz tanzte sie ihn an und dann kamen sie ins Gespräch. Eine halbe Stunde später wurde sie gevögelt. Es war geil. In den Wochen und Monaten darauf verfeinerte sie ihr Wissen. Jetzt war sie perfekt, wenn es darum ging, einen Typen klarzumachen. Ihre Spalte jubelte vor Freude. Es passte einfach alles. Sie war glücklich.

Merle entschuldigte sich bei ihren Kolleginnen. Als sie den Speisesaal verließ, spürte sie bereits ihren nassen String. Thomas machte sie so was von scharf. Fast tanzte sie den Weg zu ihrer verbotenen Liebe. Die Tür war nur angelehnt. Oben ohne stand er mitten im Zimmer. Sie zwängte sich durch die Tür und grinste, als er sie anlächelte. Sofort griff sie nach seiner Jogginghose und zog sie mit flinken Fingern herunter. Er war steinhart. Sie strahlte.

»Wir haben nicht viel Zeit«, stöhnte er und drückte sie mit der Brust gegen die Wand. Er war maßlos erregt. Klar hatte er moralische Bedenken, aber die Lust auf Sex war einfach größer. Sie half mit und zog ihre Hose ebenfalls nach unten.

Ihre Arschbacken waren ein Traum. Gierig kniff er ihr in den Arsch.

»Uh, hat deine sexy Stute nicht genug trainiert? Ist mein Arsch nicht mehr knackig? Was bin ich doch für ein böses Mädchen.« Sie lachte dreckig.

Thomas drückte seinen Stab gegen ihre Möse. »Du kleines Luder, ich rutsche gleich auf deinem Lustschleim rein«, raunte er ihr zu.

»Tut mir leid«, flüsterte sie.

Noch bevor sie die Worte ganz ausgesprochen hatte, füllte er sie aus. Sie liebte seinen Schwanz jetzt schon. Hart zuckte er. Sie drückte ihr Becken gegen seine Lenden. »Ruhig, du darfst mich noch ganz oft besuchen. Wir haben viel miteinander vor«, seufzte sie und gab sich ihrer Lust hin. Seine Finger schoben sich unter ihr Shirt und kneteten durch den BH ihre Brüste. Der geile Stoff reizte seine Finger und beförderte seine Lustimpulse direkt zu seinem harten Mast.

Er berührte sie perfekt. Alles, was er tat, war schön. Langsam bewegte er sich in ihrem Körper. Ihr Unterleib jubelte vor Freude. Seine Hände streichelten über ihren Bauch. Heiße Schauer der Lust liefen über ihren Rücken. Beide Körper vereinigten sich erneut.

»Fick mich«, hauchte sie und versuchte, Halt zu finden. Als würde sie im offenen Meer treiben, war er das Wasser, das ihren liebeshungrigen Körper umspielte. Der Höhepunkt der Lust kündigte sich nicht an. Sie kam, als würde ihr jemand einen Eimer Wasser über den Kopf schütten. Sie implodierte regelrecht vor Befriedigung. Ihre Haut brannte wie blankes Feuer. »Ist das gut«, flüsterte sie so zart und sexy, dass auch Thomas kam.

Es war eine Wonne, als er in ihr kam und seine Sahne in ihren ausgedörrten Körper pumpte. So intensiv war er lange nicht mehr gekommen.

»Bleib noch drin. Ich mag es, wenn du danach noch in mir bleibst«, flüsterte sie.

»Wir müssen«, seufzte er.

»Du hast recht, noch eine Minute«, bettelte sie fast.

Es war ein Spiel mit dem Feuer, aber auch er wollte sich nicht von ihr lösen. Einige Augenblicke verharrten sie so.

»Gib mir eine Minute und ich bekomme ihn wieder hart«, forderte sie ihn heraus.

Sie machte ihn so was von geil. Thomas fühlte bereits, wie sein Schwanz wieder zum Leben erwachte.

Sie kicherte. »Nicht mal zehn Sekunden. Geiler Bock.«

»Jetzt müssen wir aber«, flüsterte er und zog sich aus ihr zurück.

»Ja.« Sie drehte sich und schaute an sich hinunter. Die Innenseiten ihrer Schenkel waren voll von seiner Sahne. Mit den Fingern fuhr sie durch die Mischung aus Lust und Befriedigung. Dann probierte sie den Mix. »Schmeckt ziemlich geil.«

Er zog sie an sich und küsste sie auf den Mund. Meine Güte, die junge Stute war extrem geil. Er spürte, dass ihre Finger wieder an ihm spielten.

»Wenn wir mal einen Tag für uns haben, dann bin ich spätestens am Abend wund.«

»Du bist auch toll.«

Seine Worte gingen ihr runter wie Öl. Sie fühlte sich, als würde sie durch eine Wiese voller Blumen laufen. Alles war perfekt. »Hast du ein Taschentuch?«, fragte sie und klimperte mit ihren süßen Augen.

»Was soll ich haben?«, fragte er erstaunt.

»Ich bin eh schon nass, jetzt kommt dein Schleim noch dazu. Ich muss mir unten was reinlegen, sonst kann ich alle zehn Minuten mein Höschen wechseln«, meinte sie grinsend.

Jetzt musste er auch lachen. »Du trägst mal keinen String? Unglaublich«, neckte er sie.

»Wenn mein Trainer es für besser hält, dann trage ich natürlich keinen String. Wenn dann aber eine ganz bestimmte Person, die sich zufällig hier im Raum befindet, unter Samenstau leidet, bin ich dafür nicht verantwortlich.«

Er liebte es, wenn man sich den Ball so zuspielte. »Du musst«, seufzte er.

Sie packte das Taschentuch, das Thomas ihr gegeben hatte, in ihren Slip und zog die Hose hoch. »So müsste es gehen. Sehen wir uns? Ach ja, du trainierst mich ja.«

Lachend ließ sie ihn allein. Die Nummer war so was von geil und verdorben gewesen. Ein Traum. Wieder war er steinhart. Die nächsten Stunden könnten hart werden.

Beide gesellten sich wieder zu ihren Gruppen. Das doppelte Spiel gefiel ihm sehr. Er beteiligte sich kaum am Gespräch mit seinem Team. Seine Blicke klebten an »seiner« Merle.

***

Nach dem Frühstück ging es mit einem Kleinbus zum Sportplatz. Alle vier Sportlerinnen hatten sich extrem luftig angezogen. Thomas fiel das natürlich auf, aber er hatte nur Augen für Merle. Ja, er war nicht mehr neutral, aber er war auch nur ein Mensch.

Drei Stunden übten sie den Stabwechsel. Es war brütend warm. Der Schweiß lief ihnen nur so über die Körper. Er quälte die Mädels, aber so war es nun mal.

Irgendwann hatte er Mitleid und ließ sie kurz Pause machen. Mit kalten Getränken lagen sie im Schatten. Die jungen Frauen waren müde.

»Können wir nicht in Unterwäsche trainieren?«, fragte eins der Mädels. Der Sportplatz lag mitten in der Pampa, in einem Umkreis von mehreren Kilometern gab es kein Haus.

Thomas überlegte. Es war nicht üblich, doch man kannte sich. Er konnte es eh nicht verhindern, wenn sich einzelne Mitglieder der Gruppe näherkamen.

»Warum nicht.«

Die Frauen rissen sich die Klamotten vom Leib. Eine hübscher als die andere.

Merle war mit der Entscheidung gar nicht einverstanden. Sie spürte etwas in sich, das sie lange nicht mehr gefühlt hatte. Eifersucht. Böse schaute sie ihn an.

Sie trainierten eine weitere Stunde. Es wurde immer heißer. Auch Merle war müde.

»Da vorn ist ein See. Wollen wir reinspringen?«, fragte eins der Mädels.

Thomas schaute Hilfe suchend zu Merle.

»Ich finde es gut. Wir haben heute viel gearbeitet und es ist sehr warm. Etwas Wasser würde uns guttun«, gab sie ihm eine Steilvorlage.

»Stimmt. Lasst uns ins Wasser gehen«, entschied er.

Jubel brandete auf. Die kleine Gruppe begab sich zu dem kleinen Gewässer. Zu seiner Überraschung gab es einen kleinen feinen Sandstrand. Die jungen Sportlerinnen liefen ins Wasser.

Auch der Betreuerstab zog sich aus und rannte hinein. Die Stimmung war ausgelassen.

»Du geiler Bock, ich müsste ultraböse mit dir sein. Glotzt den Schlampen auf die Titten, obwohl du die schönste Stute hast. Schäm dich«, flüsterte sie ihm zu.

Das Wasser stand allen Mitgliedern der kleinen Gruppe bis zum Hals. Sie griff ihm zwischen die Beine. Er war hart. Sie grinste ihn nur an und schwamm wortlos weiter.

Er folgte ihr nicht. Unter keinen Umständen wollte er für Gesprächsstoff sorgen.

Da rief Merle: »Thomas, kannst du mal kommen? Ich stecke hier mit dem Fuß fest. Wäre nett von dir.«

Er glaubte ihr kein Wort. Sie hatte wieder eine sündige Idee. Er musste sein Grinsen verstecken und schwamm zu ihr. »Ja?«, fragte er.

Schweigend griff Merle ihm zwischen die Beine und zwinkerte ihm zu. Sie hatte es drauf. »Ich habe es noch nie im Wasser getrieben. Du?«, flüsterte sie.

Das Wasser war tief. Sie schmiegte sich an seinen Körper. Ein Baum lag halb im Wasser, an diesem hielt sich Merle fest.

Thomas war begeistert. Auch er hatte noch nie Sex im Wasser gehabt. Seine Hände griffen nach ihrem BH. »Scheint so, als wollte dein BH immer mitvögeln«, hauchte er ihr ins Ohr.

»Wenn wir es auch immer in der Öffentlichkeit machen müssen. Dafür habe ich schon meinen String ausgezogen.« Sie zeigte auf ihren String, den sie an einen Ast dicht über der Wasseroberfläche gehängt hatte. »Kannst also sofort rein. Der Zugang ist frei. Für dich ja immer«, meinte sie kichernd.

»Du bist so was von verdorben«, hauchte er und rieb seinen Schwanz an ihrem sexy Arsch.

Im Wasser fühlte sich alles viel leichter an. Von der Lust getrieben, rieb er seinen Schwanz an ihrer Möse, dachte er zumindest.

»Schatz, du bist drauf und dran, mich hinten aufzubohren. Darüber können wir natürlich auch sprechen, aber nicht jetzt«, flüsterte sie.

»Sorry, hilfst du mir?«

Das wollte sie hören. Er war so süß. Eine Million Schmetterlinge bevölkerte ihren Bauch. »Natürlich. Bitte die Beleuchtung anschalten. Es wird dunkel.« Sie griff beherzt nach seinem Stab und führte ihn zu ihrer Spalte. Als würde sie sich auf ein Pferd setzen, schob sie ihren Leib auf seinen Riemen.

»Soll ich dich bumsen oder du mich?«, fragte er lachend.

Sie mussten aufpassen, dass von ihren Begleitern niemand etwas mitbekam. Doch die Gruppe war mit sich selbst beschäftigt und ein ganzes Stück entfernt. Zum Glück.

»Stoß langsam zu. Ich will keine Wellen produzieren. Bitte.«

Wie konnte er ihrer Bitte widersprechen? Langsam bewegte er sich und fickte sie voller Lust. Sie vögelten, als gäbe es keine Schwerkraft mehr. Der Sex fühlte sich so leicht an. Seine Hände streichelten ihre Nippel, die steinhart waren.

»Alles okay? Sollen wir helfen?« fragte eins der Mädels.

»Nein, Thomas macht das schon«, schrie sie, so laut sie konnte.

»Ja, mache ich es schon?«

»Na hör mal. Deine Sahne gehört mir. Die dreckigen Schlampen können sich ihre eigene Milchbar besorgen.«

Was für eine Liebeserklärung. Langsam bumste er ihren durchtrainierten Körper. Ihre Wärme war so was von schön.

»Bin ich dir auch eng genug?«, fragte sie dreckig.

»Ja«, stöhnte er.

Wieder brodelte der Saft der Liebe in seinen Eiern. Sie war so was von geil und eng, er konnte sich kaum noch beherrschen.

»Wir müssen uns beeilen«, gurrte sie.

»Ich weiß.«

Er wurde etwas schneller. Seine Finger zwirbelten ihre Titten. Sie schob sich einen Finger in den Mund. Sein Hobel fühlte sich an wie eine glühende Metallstange, die sie so stark erhitzte, dass ihr Blut kochte. Heißes Feuer schoss durch ihre Adern. Merle hatte so etwas noch nie erlebt. Wieder rollte die Welle der Erleichterung auf sie zu und überrollte sie. Gerade noch rechtzeitig konnte sie sich auf den Finger beißen. Zu gern hätte sie der Welt mitgeteilt, wie glücklich sie war und wie intensiv ihr Höhepunkt war.

Thomas spürte ihren Orgasmus und konnte sich auch nicht mehr beherrschen. Er kam und schmierte sie. Es war wunderschön.

»Das war schön«, flüsterte sie.

»Fand ich auch. Jetzt müssen wir zurück, ziehst du deinen String an?«

»Ja. Leider. Ich will mehr.«

Er schaute ihr in die Augen und sah das Glück in ihnen. Er wollte auch mehr.

Gemeinsam schwammen sie zurück zur Gruppe.

***

Die nächsten drei Wochen lebten sie ihre Lust mal mehr, mal weniger verborgen aus. »Seine« Mannschaft holte überraschend Bronze. Ein riesiger Erfolg. Nach der EM trennte er sich von seiner Frau und zog zu ihr. Ein Jahr später heirateten sie und feierten ihre Ehe mit einer heißen Nummer im Wasser.

Dauergeil mit nassem Höschen

»Was für ein geiles Konzert«, brüllte Claire ihrer Freundin Emilie ins Ohr, die weniger als einen Meter von ihr entfernt stand.

Seit Wochen fieberte die junge Studentin diesem Abend entgegen. Ihre Lieblingsband spielte in der Stadt. Sie war seit jeher ein Fan von deftiger Rockmusik. Das Konzert auch noch mit ihrer besten Freundin genießen zu können, war ein Traum.

Das Duo hatte Glück, die Halle war nicht komplett ausverkauft. So hatten sie genug Raum, um kräftig abzutanzen. Ein geiler Abend. Sie grölten, schrien und jubelten. Die Karten waren teuer, sie hatten lange darauf gespart. Doch der Abend war es wert, die Stimmung bombastisch. Eine Horde junger Leute, die das Leben feierte, und Emilie und sie mittendrin. Ein Traum.

Die Zeit verflog. Erst kurz vor Mitternacht verließen die Mädels die Konzerthalle und traten in die klare Julinacht.

»Schatz, ich schwitze so stark. Man könnte meinen, ich hätte Sex gehabt«, meinte Emilie.

»Du hast immer Sex«, war die passende Antwort ihrer Freundin.

»Stimmt, dieser Abend war aber viel besser als Sex. Jetzt habe ich Hunger. Wollen wir noch zum Fast-Food-Restaurant gehen? Nach Sex habe ich auch immer Hunger.«

»Emilie, du isst auch ständig. Auch wenn ich dich um deinen Arsch beneide. Der ist so … wie soll ich sagen? Geil.«

»Dafür möchte ich deine Boobies haben, die sind so was von schön.«

Claire jammerte auf hohem Niveau. Mit ihrem Körper war sie extrem zufrieden. Schlank, trainiert und mit über einem Meter siebzig war sie eine begehrenswerte Frau. Die junge Studentin wusste das, doch nachdem die Beziehung zu ihrer ersten großen Liebe nach drei Jahren den Bach runtergegangen war, konzentrierte sie sich auf ihr Studium. Claire studierte Geschichte. Für viele junge Leute war es ein langweiliges Fach, aber sie liebte es.

Emilie war genauso hübsch wie die attraktive Claire. Doch die schwarzhaarige Schönheit ließ es bei den Männern richtig krachen. Sie hatte regelmäßig Besuch, und das nicht nur in ihrem Studentinnenzimmer. Claire störte es nicht. Immer wenn Emilie sie aufzog, warum sie keinen Sex haben wolle, antwortete sie: »Weil du für mich mitvögelst.«

»Was ist, wollen wir?«, fragte Emilie.

»Klar.«

Sie lebten in einer Großstadt, also war es nicht schwer, ein Schnellrestaurant zu finden, das noch geöffnet hatte. Entschlossen betraten sie den Laden und bestellten.

»Schatz? Dein Shirt ist ganz nass«, hauchte Emilie ihrer Freundin ins Ohr.

Die hübsche Blondine schaute an sich hinunter. Tatsächlich. Sie war nassgeschwitzt. Überhaupt hatte ihre Kleidung unter dem Konzert doch sichtlich gelitten. In ihrer Strumpfhose hatte sie eine fiese Laufmasche entdeckt. Der kurze rote Rock war ziemlich speckig. Nur ihrer Lederjacke schien der Abend nichts angetan zu haben.

Mit Pommes, Cola und Hamburgern machten sie sich auf den Weg zum Studentenheim, in dem die beiden Mädels jeweils ein kleines Zimmer hatten.

Auf einer Brücke blieben sie stehen und schauten auf das fließende Wasser. Emilie holte ihr Handy heraus. »Komm, wir müssen noch Fotos machen. Vom Konzert haben wir welche, vom Restaurant auch. Jetzt machen wir hier noch Selfies.«

»Ja, aber ich ziehe meine Lederjacke aus. Es ist so was von warm.«

Die Stimmung der beiden war immer noch aufgeheizt. Claire zog ihre Jacke aus und posierte. Emilie machte aus unterschiedlichen Blickwinkeln Fotos von ihrer Freundin. Claire kicherte und zog das T-Shirt über ihre Schulter. Jetzt sah man die Träger ihres schwarzen BHs. Kurz darauf streckte sie ein Bein aus, sodass ihr Rock weit hochrutschte. Dann tauschten die Mädels und Claire machte Fotos von ihrer Freundin.

***

Gegen zwei Uhr saßen die Freundinnen auf Emilies Bett, tranken Wein und ließen den Abend gemeinsam Revue passieren.

»Komm, wir laden die Fotos hoch«, schlug Emilie vor und begann gleich damit, die Bilder zu posten.

»Eine gute Idee«, antwortete Claire und veröffentlichte auch ihre Bilder.

Noch eine halbe Stunde brauchten die zwei, dann war die Flasche Wein geleert.

Claire verabschiedete sich und begab sich in ihr Zimmer. Zwei Minuten später lag sie im Bett und schlief glücklich ein.

***

Am nächsten Morgen wurde Claire durch ein durchdringendes Piepen geweckt. Was war das? Sie brauchte etwas, bis sie wach war. Der Akku ihres Handys war fast leer. Zum Glück befand sich gleich neben dem Bett eine Steckdose. Sie stöpselte das Handy ans Ladegerät und schaute neugierig auf das Display. Es gab einige Nachrichten von Freundinnen, alles nichts Aufregendes. Sie war gespannt, wie viele Leute sich ihre Bilder der letzten Nacht schon angeschaut hatten. Oh, es waren mehr als einhundert. Cool. Auch auf die Kommentare war sie gespannt. Einige Freunde hatten geschrieben. Außerdem hatte ein Klausie ein Bild geschickt. Kannte sie einen Klausie? Nein. Vielleicht jemand vom Konzert? Claire schaute sich das Bild an und schluckte. Ein harter Schwanz, an dem Sperma herunterlief. Hatte er auf ihre Bilder gewichst? Sie hatte doch nichts Obszönes gezeigt. Noch einmal schaute sie sich ihre Bilder an. Einen Augenblick später wusste sie, was den Typen so geil gemacht hatte. Als sie ihr Bein auf der Brücke angewinkelt hatte, war der Rock so weit hochgerutscht, dass man ihren weißen String sah. Jetzt war ihr alles klar. Schweinkram.

Schnaufend legte sie das Handy zur Seite und ging in ihr kleines Bad. Ihr Körper war nur von einem Shirt und einem Höschen bedeckt. Sie schlief gern ohne BH. Ihre Nippel drückten sich durch den Stoff. Sie zog ihr Shirt aus und ihre süßen Titten strahlten sie an. Ja, sie war sehr stolz auf ihre Hügel. Zufrieden zog sie das Shirt wieder an. Als sie an das Wichsbild dachte, machte sich ein weiteres Gefühl in ihr breit und ein heißes Kribbeln wärmte ihre Spalte. Sie zog ihr Höschen aus und schaute auf ihre schöne Mumu. War sie feucht? Mit den Fingern öffnete sie den Vorhang. Ja, sie war nass. Erregt von einem Schwanzbild? Nein. Wahrscheinlich war sie nur noch aufgeregt von der letzten Nacht.

Plötzlich nahm sie leichte Kopfschmerzen wahr. Jetzt war klar, was passiert war. Zu viel Alkohol und zu wenig getrunken. Rasch nahm sie eine Tablette und legte sich noch einmal hin. Doch sie wälzte sich von einer Seite auf die andere. Immer wieder sah sie den dicken Schwanz vor sich, der mit Sahne bedeckt war. Was sollte das?

Zornig griff sie wieder zu ihrem Handy und schaute noch mal auf das Schwanzbild. Schön war er ja. Schön groß. Doch nicht zu groß für ihre Spalte. Sie hatte sich schon so einige Sachen unten reingeschoben. Bisher hatte alles reingepasst.

Oh, der versaute Typ hatte noch mal geschrieben. Hallo, laufe mit einer Latte rum. Dein Körper erregt mich maßlos. Gern würde ich dich küssen, streicheln und dann wollen wir Liebe machen, las sie laut vor.

Hastig warf sie ihr Handy aufs Bett. Er wollte mit ihr schlafen. »Igitt«, stöhnte sie.

Mehr als eine halbe Stunde starrte sie an die Decke. Ihr süßer Unterleib brannte vor Lust. Sie hätte Emilie fragen können, ob sie eine geile Lesbennummer schieben wollte. Wenn es ein Schwanz sein musste, dann hätte ihre beste Freundin mit

Sicherheit auch den einen oder anderen Kontakt. Aber es wäre irgendein Schwanz und nicht der von Klausie. Der Name an sich war schon eine Zumutung. Da saß der Kerl auf seiner Couch oder wo auch immer, geilte sich an ihren Bildern auf und schüttelte sich die Palme. Bestimmt stellte er sich ganz schmutzige Dinge vor.

Ihre Perle verlangte nach Aufmerksamkeit. »Nein«, stöhnte sie laut.

Nicht nur, dass sich ein Typ an ihrem Körper aufgeilte und seinen gedanklichen Spaß mit ihr hatte. Jetzt war sie schon Sklavin ihrer eigenen Geschlechtsorgane. Eine ganze Konzerthalle mit Zuschauern tanzte in ihrem Unterleib.

Sie fasste sich zwischen die Beine. »Natürlich«, stöhnte sie. Ihre Hand war vollkommen nass. Nein, das war zu viel. Sie stand auf und schob sich eine Slipeinlage vor ihre Möse. »Jetzt kannst du so viel schleimen, wie du willst«, triumphierte sie.

Zum Glück hatte sie an diesem Tag keine Vorlesungen. Stattdessen wollte sie sich etwas zu essen besorgen. Sie griff nach ihrer Geldbörse und wollte los, so durch den Wind war sie. Im letzten Augenblick sah sie an sich hinunter. Shirt ohne BH und Höschen war dann doch etwas zu wenig. Auf einen BH hatte sie keine Lust. So zog sie sich nur einen kurzen Jeansrock über den Slip und machte sich auf den Weg.

Einige Studenten liefen ihr über den Weg. Schauten ihr die Typen auf den Rock oder ihr Shirt? Schon allein diese Frage ließ ihre Perle jubeln. Sie überlegte. Den letzten Sex hatte sie vor einem halben Jahr gehabt. Seitdem war Ruhe.

Zwei gut gebaute junge Männer kreuzten ihren Weg. Sie spürte ihre Blicke auf ihre Möpse. Claire musste gar nicht hinschauen. Ihre zwei Berghütten waren sehr stabil und drückten sich durch den Stoff. Täuschten ihre Sinne sie oder starrten alle Typen auf ihren geilen Körper? Sie wünschte es sich sogar. Schlimm.

Als sie etwas eingekauft hatte und wieder zu Hause war, wollte sie duschen. In ihrem Badezimmer zog sie sich aus und schüttelte den Kopf. Ihre Einlage war total nass. »Soll ich jetzt dauerschleimen? Danke. Vielen Dank.« Wütend stieg sie in die Nasskabine und ließ Wasser über ihren Rücken laufen. Ein Genuss.

Erfrischt legte sie sich auf ihr Bett und schaute nach ihren Nachrichten. Nichts Aufregendes. Wieder öffnete sie die Bilder, die sie veröffentlicht hatte.

Klausie hatte wieder geschrieben. Ich habe dir ein schönes Video geschickt … Mit harten Fickstößen. Bin total geil auf dich. Kiss you.

Mehrfach las sie die Nachricht. Bestimmt hatte er sie mit seinen Wichsgriffeln geschrieben. Widerlich. Sollte sie sich das Video ansehen? Nein. Ja. Nein. Ja. Nein. Ja.

Fünf Minuten hielt sie durch, bevor sie den Film doch öffnete. Ekelhaft. Der Typ hatte ein kleines Loch in eine Melone geschnitten. Im Hintergrund lief ein harter Porno. Das Schwein grunzte und schob seinen Schwanz langsam in das Loch.

»Na, gefällt dir der Film? Ich bin so geil auf deinen Körper. Was machst du so? Gehst du noch zur Schule? Ausbildung oder nichts? Ich stelle mir gerade vor, wie du in deinem Nuttenrock vor mir kniest und mir deinen Arsch zeigst. Ich schlag dir mein süßes Stück kurz auf den Arsch, damit du weißt, wie geil ich bin. Schon setze ich meinen Schwanz an deine geile Möse und schieb mich in dein Loch. Du bist eng und melkst mich schön. Deine Titten kommen nicht zu kurz, keine Angst. Hast du spitze Titten, die schön stehen? Bestimmt, bist ja noch sehr junges Fickmaterial. Immer tiefer schieb ich mich in deinen Körper und geile mich an deiner knackigen Haut auf. Es macht dir Spaß. Du schreist vor Lust. Bei meinem dicken Schwanz auch zu erwarten. Jetzt fick ich dich. Hart und schnell. Du sollst doch glücklich sein. Ah, es kommt dir. Geil. Deine Fotze schmatzt vor Lust. Jetzt wird es Zeit, dir das Beste zu geben, was du brauchst. Meinen Samen. Ich knall dich und rotz alles in dich rein.« In dem Augenblick kam er. Was gab sich der Kerl Mühe! Claire schaute weiter gebannt zu. Er kam und spritzte die Melone voll. Er filmte seinen verschmierten Schwanz und zeigte dann die ausgekleisterte Melonenhöhle.

»Das war geil, mein Schatz. Mal schauen, was ich als Nächstes von dir will. Schlucken? Anspritzen? Anal? Dein Arsch ist bestimmt schön eng. Können wir aber erst machen, wenn ich leer bin, sonst komme ich sofort und wir haben weniger Spaß. Ich melde mich, Schatz.«

Claire war sprachlos. Wieder warf sie ihr Handy vor sich aufs Bett. Was der Typ ihr zeigte, war eindeutig ein Porno. Ziemlich vulgär, aber auch irgendwie aufregend. Nein. Nein. Nein. Sie traute ihren eigenen Gedanken nicht. Was sich ihr Kopf vorstellte, war so was von ruchlos. Da ging ja überhaupt nicht.

Sie zog sich an und rannte zu Emilie. »Ich muss mit dir reden«, rief sie.

»Was ist los?«, fragte ihre Freundin neugierig.

»Das hier.« Sie reichte Emilie ihr Handy.

Diese schaute sich das Video an und grinste ihre Freundin an. »Tja, da hast du wohl einen heimlichen Verehrer. Klausie ist ja total in dich vernarrt. Mach doch mit ihm ein Treffen aus und dann lässt du dich bürsten. So spitz, wie der Mann ist, zahlt der locker, um ihn dir reinzuschieben.«

»Ich soll was machen?«, stammelte Claire.

»Dich von ihm bürsten lassen. Du hast doch aktuell keinen Typen am Start, also los. Lass es dir besorgen und kassiere ihn ab. Gib mir mal das Handy.«

Bevor Claire reagieren konnte, hatte ihre beste Freundin ihr Handy schon in der Hand.

»Jetzt wollen wir die Sache mal beschleunigen. Hallo, lieber Klausie, dein geiles Video macht mich ganz schön an. Ich bin mir nicht sicher, ob ich bereit bin. Gerade lass ich es mir von meiner Freundin so richtig geil besorgen. Meine Möse mag nicht nur Schwänze, sondern gern auch mal eine zarte Frauenhand. Kannst mir gern weiter deine Gedanken schreiben. Kostet aber. So … und abgeschickt.«

»Emilie«, brüllte Claire.

»Jetzt beruhig dich mal. Manchmal mache ich das auch. Wenn mir die Kerle gefallen, dürfen sie ran. Wenn nicht, dann verwöhne ich ihre Gurken und lass mich bezahlen. Macht sogar Spaß. Wenn du richtig scharfe Sachen anhast, dann spritzen die schon auf zehn Meter Entfernung.«

Claire schluckte und setzte sich. Ihr Handy vibrierte.

»Bestimmt ist er das.« Grinsend nahm Emilie ihrer Freundin wieder das Handy aus der Hand. Ein breites Lächeln legte sich über ihr Gesicht.

»Was schreibt der geile Bock?«, stöhnte seine Auserwählte.

»Du machst mich megageil. Mein Pimmel ist schon ganz rot. Ich finde dich geil und kann es gar nicht erwarten, dir meine süßen Fantasien mit uns zu schreiben.«

Emilie lachte laut los und steckte Claire an. Tränen liefen ihnen über das Gesicht.

»Und jetzt?«, fragte Claire.

»Jetzt kannst du dir in aller Ruhe Gedanken machen, was du willst. Einige Tage hast du sicher Zeit.«

Claire nahm ihr Handy und wollte allein sein.

Zurück in ihrem Zimmer, legte sie sich auf ihr Bett und dachte nach. Wobei ihr Unterleib schon längst seine eigene Entscheidung getroffen hatte. Das heftige Ziehen sprach für sich. Es erregte sie, wenn sie an Klausie dachte, wie er vor seinem Handy saß und sich ihre Bilder anschaute. Hart wichste er sich dabei. Was wäre, wenn sie weitere Follower hätte, die sich an ihren Bildern aufgeilten?

Claire stand auf und zog sich aus. Nackt wollte sie sich nicht zeigen, aber in erotischer Wäsche. Sie achtete sehr auf erotische Wäsche, daher hatte sie eine große Auswahl an sündigen Sachen. In Schwarz und Rot konnte sich jede Frau zeigen, aber in raffiniertem Flieder? Alles hatte sie da. Einen String und einen passenden BH.

Schnell hatte sie die Wäsche angezogen und posierte auf ihrem Bett. Ihre Titten fand sie gut, aber ihr Arsch war doch noch einen Hauch fotogener, stellte sie fest, nachdem sie diverse Selfies von sich gemacht hatte. Sexy drehte sie sich auf die Seite, winkelte ein Bein an und formte ihre Lippen zu einem sexy Knutschmund. Dann drückte sie ab.

Das Bild gefiel ihr. Je länger sie sich selbst anschaute, desto erregter wurde sie. Drei. Zwei. Eins. Mit einem Klick war das Bild hochgeladen. Was hatte sie nur gemacht? Zweifelnd warf sie das Handy von sich. Doch schon nach einer Minute vibrierte es – eine Nachricht war eingetroffen. Kurz darauf wieder. Und wieder. Es hörte gar nicht mehr auf. Sie war so neugierig und so was von geil. Nein. Ja. Nein. Ja. Sie kämpfte mit sich. Sollte sie die Nachrichten anschauen? Wie schmutzig waren sie? Ihre Spalte lief schon aus.

Scheiße. Sie griff zu dem kleinen Kasten und starrte auf das Display. Mehr als zwanzig Nachrichten waren in den letzten drei Minuten angekommen, ein Kommentar geiler als der andere. Mehr als dreißig Likes hatte sie schon bekommen. Dazu eine große Anzahl von Schwanzbildern. Claire war lange nicht mehr so erregt und aufgeregt gewesen. Sollte sie eine Karriere als Wichsvorlage starten? Der Gedanke, dass jetzt ein Haufen Kerle an sie dachten und ihre Fantasien mit ihr auslebten, gab ihr einen besonders intensiven Kick.

Fasziniert schaute sie auf das Display. Immer mehr Likes kamen herein. Auch die Anzahl der Kommentare steigerte sich. Besonders die Anzahl der Schwanzbilder nahm zu. Es war geil. Sollte sie dem frivolen Treiben ein Ende bereiten oder ihre Follower noch mehr aufgeilen?

»Wer will in mir spritzen? Das Ganze noch mit einer roten Zunge untermalen und dann geht es raus«, flüsterte sie und veröffentlichte ihre erste eindeutige Nachricht.

Es dauerte nicht mal zehn Sekunden, bis sie die ersten Kommentare hatte.

»Dein Arsch ist ein Traum. Ich will dich unbedingt anal einreiten. Wenn du dann offen vor mir liegst, werde ich die Bilder ins Netz stellen, damit alle in den Genuss von deinem offenen Hintern kommen.«

Sie liebte es, die Kommentare laut vorzulesen. Es erregte sie noch mehr, wenn sie auch die Gossensprache ihrer Fans in den Mund nahm. Immer größer wurde ihre Lust. Sie lief schon wieder aus und begann, sich selbst zu verwöhnen. Mit den Fingerkuppen umspielte sie ihre nasse Spalte. Eine Frau wusste selbst immer noch am besten, wie sie verwöhnt werden wollte. Ihr Unterleib schrie nach Liebkosungen und genoss es sichtlich, wie Claire ihrer Lust nachgab und sich streichelte. So nass war sie noch nie gewesen. Ihre Gedanken gehörten den erregten Typen, die vor ihr standen und sich wichsten – aufgegeilt von ihrem Körper und aufgepeitscht von ihren schmutzigen Worten. *Macht es, ich will es sehen.* Diese und ähnliche Sätze schossen ihr durch den Kopf. Drei Finger steckten tief in ihrer Spalte und bedienten die Lust, die sie quälte. Es dauerte nicht lang und ein Höhepunkt der Befriedigung löschte die Sucht nach Glück in ihr.

Tief atmete sie durch und schaute sich weitere Kommentare an. Jetzt kamen auch die ersten Bilder von pulsierenden

Schwänzen rein. Lecker. Adrenalin schoss durch ihre Adern. Kein Wunder bei den Anblicken. Lange, dicke, kurze und dünne Schwänze wurden ihr gezeigt.

Claire hatte noch lange nicht genug. Sie stand auf und ging ins Bad. Sie zog ihren String aus und spreizte leicht die Beine. Dann beugte sie ihren Oberkörper etwas nach vorn und machte einige Selfies von ihrem Körper.

Mit einem breiten Grinsen legte sie sich wieder aufs Bett. Ihre moralischen Grundsätze lösten sich auf. Es gab keine Grenzen mehr. Sie wollte den Kick, und zwar sofort. Mit einem speziellen Programm bearbeitete sie die Bilder und bedeckte ihre Scham mit einer Sonne. Sollte sie den Weg weitergehen und die Fantasie der Männer weiter anheizen? Es gab keinen Grund, der dagegensprach. Sie schloss die Augen und veröffentlichte auch das intime Bild von sich. Sie sah scharf aus und fand das Bild unfassbar sexy.

Es ging viral. Innerhalb von dreißig Minuten hatte sie mehr als einhundert Kommentare.

Mit Emilie wollte sie darüber nicht mehr sprechen, Claire wollte ihre eigenen Erfahrungen machen.

Was machte Klausie eigentlich? Sie schrieb ihn an und fragte, ob sie ein Bild von seinem Willi bekommen könnte. Sie bekam es. Inzwischen war seine Spitze schon ziemlich rot. Ein geiler Anblick. Immer mutiger wurde sie. Sollte sie sich mit ihm treffen? Sie würde den Weg weitergehen. War das schlimm? Nein. Nur mal gucken. Die hübsche Studentin fackelte nicht lange und verabredete sich mit Klausie für den nächsten Tag.

In dieser Nacht konnte sie wenigstens einigermaßen schlafen.

***

Am nächsten Morgen wurde sie von ihrer eigenen Geilheit geweckt. Wieder spürte sie die Lust nach Befriedigung in ihrem Körper.

Was sollte sie anziehen? Es sollte sexy, aber nicht billig sein. Eine schwierige Entscheidung. Mehr als eine Stunde brauchte sie, bis sie sich entschieden hatte. Ein kurzer schwarzer Faltenrock, halterlose Nylons und eine sexy blaue Bluse sollten es sein. Was sollte sie an Unterwäsche tragen? Sie wollte sexy sein, sich aber auch geschützt fühlen. Am Ende entschied sie sich für dunkelblau. Anstelle eines Strings zog sie einen Slip an. Schminke besaß sie nicht und hatte sie auch nicht nötig.

Mit einem intensiven Kribbeln im Bauch machte sie sich auf den Weg. Was sie wohl erleben würden? Claire fühlte sich unsagbar sexy. Schauten sie an diesem Tag mehr Typen an oder fühlte es sich nur so an? Keine Ahnung, aber es ging ihr gut dabei. Als Erkennungszeichen hatten sie eine rote Rose ausgemacht. Zugegeben, es war etwas kitschig, aber ihr war auf die Schnelle nichts anderes eingefallen.

Mit einer Sonnenbrille auf der Nase positionierte sie sich vor dem Imbiss. Vorsorglich auch noch auf der anderen Straßenseite. Die Zeit verging überhaupt nicht. Jeder Typ, der sich dem Fast-Food-Lokal näherte, wurde von ihr ganz genau beäugt. Einige Male hatte sie das Gefühl, er könnte es sein, aber er war es nicht.

Dann näherte sich ein Mann mit einer Rose. Claire drehte sich weg und schaute in ein Schaufenster. Hoffentlich erkannte er sie nicht. Es war ihr zu »heiß«. Sie riss die Tür zu einer kleinen Bäckerei auf und betrat den Laden. Puh, das war noch mal gut gegangen. Der Kerl nahm keine Notiz von ihr. Durch die Schaufensterscheibe beobachtete sie den Mann weiter. So schlecht sah er nicht aus. Kurze blonde Haare, muskulös und breitschultrig. Damit konnte sie leben. Er überquerte die Straße und betrat den Imbiss. Sie fand ihn sympathisch. Noch hatte sie die Gelegenheit, zu gehen, dann würde nichts passieren. Aber die Neugier war stärker. In sicherem Abstand folgte sie dem jungen

Mann, den sie höchstens auf fünfundzwanzig Jahre schätzte.

Ihr Herz raste. Nicht nur sie war aufgeregt – auch ihre Liebeshöhle, die jede ihrer Bewegungen begleitete und mit einem intensiven Ziehen Sympathie oder Antipathie ausdrückte.

Der Mann bestellte und setzte sich dann an einen der Tische. Die Rose legte er auf den Tisch. Er musste es sein. Nun zog er seine Jeansjacke aus. Ui, ein sexy Oberkörper wartete auf sie. Kein Gramm Fett sah sie an seinem Bauch. Das weiße Shirt spannte sich über Brust, Bauch und Rücken. Noch einmal atmete sie tief durch. Jetzt oder nie.

Claire nahm die Sonnenbrille ab und betrat den Laden. Klausie schaute sie an und sprang auf. Wie ein Schuljunge hielt er die Rose vor seinen Körper und lächelte verschmitzt. Sie ging auf ihn zu, nahm ihm die Rose aus der Hand und roch an der weinroten Blüte. Ja, auch Claire war ein Mädchen.

»Ich … weiß nicht, was ich sagen soll. Du bist schön«, hauchte er.

»Das ist schon mal ein Anfang, solange ich nicht mit Sperma beschossen werde«, neckte sie ihn.

»Es tut mir leid und ist eine lange Geschichte. Wollen wir uns setzen, darf ich dir was bestellen? Meine Güte, ich bin nervös.«

Sie grinste. So ein muskelbepackter Kerl und winzig mit Hut. Sie mochte ihn auf Anhieb. »Ja, gern. Ich nehme ein Menü.« Sie zählte auf, was sie haben wollte. Es war etwas mehr, aber wenn er sich schon an ihr aufgegeilt hatte und weiter aufgeilen würde, konnte er auch etwas bezahlen.

Zügig kam er wieder und stellte ein volles Tablett mit leckerem Fast Food vor ihr auf den Tisch. Claire schaute ihn an und sah seine Erregung, die sich durch die Hose abzeichnete. Er setzte sich zu ihr und strahlte sie an. Als würde warmer Tee ihren Bauch erwärmen, wirkten seine Blicke auf ihren Körper. Besonders ihre Perle fand den heißen Klausie anziehend.

»Nun erzähl mal. Wie hast du mich gefunden und vor allem, was hat es mit den ganzen Sauereien auf sich?« Neckisch schob sie sich eine Pommes in den Mund und biss genießerisch zu.

»Ich habe dich auf dem Konzert gesehen und fand dich total süß. Na ja, dann habe ich dich gesucht und im Netz gefunden. Als ich dann noch deinen String gesehen habe, war ich geil, wie du ja gesehen hast. Nun fragst du dich bestimmt, warum ein so gut aussehender Typ wie ich so was macht. Meine Freundin hat mich betrogen und dann war Schluss. Den Rest der Geschichte kennst du ja.«

Sie grinste. Wie er sprach und wie er sie mit seinen blauen Augen anstrahlte, war total süß. »Deine böse Freundin hat dich also betrogen und jetzt willst du Rache?«, fragte sie direkt.

»Nein, ich fand dich einfach süß. Na ja, ich bin halt auch nur ein Mann und habe so meine Bedürfnisse.«

»Okay, aber vielleicht mal Hallo oder so wäre schon cool gewesen.«

Ihr Unterleib brannte vor Lust. Der Typ sah nicht nur gut aus, er konnte sich auch ausdrücken und war sogar feinfühlig. War er der Goldfisch im Haifischbecken der lüsternen Kerle? Sie strahlte ihn mit ihrem schönsten Blick an.

»Hör auf, ich werde … du weißt schon«, flüsterte er.

»Geil? Willst mich bumsen? Melone ist auf Dauer scheiße, geht mir mit meinem Dildo auch so.«

Sie schauten sich an und dachten das Gleiche. Auch wenn sie kein Wort sprachen, kommunizierten ihre Körper. Lasziv öffnete sie die obersten Knöpfe ihrer Bluse und zeigte ihm ihren dunkelblauen BH, der ihre Möpse leicht nach oben drückte. Er bekam große Augen.

»Wie heißt du?«, fragte sie.

»Klaus-Albert, daher auch mein Spitzname fürs Netz.«

Sie lachte laut los. »An den Namen muss ich mich erst

gewöhnen.«

Das Duo aß die Pommes und die Hamburger. Zwei junge Menschen, die intensiv miteinander flirteten.

»Bist du geil auf mich?«, hauchte sie und leckte Mayonnaise von einer Pommes. Sie kannte seine Antwort und doch wollte sie hören, wie sehr er sie wollte.

Sie saßen nebeneinander. Er schaute sie nur an. Ja, er war geil auf sie. Mit einem vielsagenden Lächeln griff sie ihm zwischen die Beine. »Hart«, hauchte sie.

»Feucht?«, fragte er neckisch.

Ja, sie war feucht, und wie.

»Scheiß auf das Essen«, flüsterte sie und griff nach seinem Arm. Das Duo verließ den Imbiss. Claire brannte vor Lust. Eine Million Tiere bevölkerte ihren Körper. Meine Güte, auf was sie alles Lust hatte. Wo sollten sie hin? Sie führte ihn hinter den Imbiss. Dort zog er sie an sich und begann, sie heiß zu küssen. Wie kleine prickelnde Explosionen fühlten sich seine Lippen auf ihrem Mund an. Es war wunderschön. Ihre Hände spielten an seinem Gürtel und öffneten die ersten Knöpfe seiner Jeans.

»Wichsen ist schön, aber blasen viel geiler«, meinte sie und kniete sich vor ihn.

Kurz darauf hatte sie seinen harten Stab in der Hand. Voller Lust zog sie seine Vorhaut zurück und legte eine fette, nasse Eichel frei. »Im Video war das Teil schon scharf, aber in meiner Hand fühlt er sich wohler.« Gierig legte sie ihre Lippen über seine nasse Spitze. Er schmeckte bitter. Sie stand auf den Geschmack der herben Lust. Mit viel Gefühl verwöhnte sie ihn und saugte wie an einem Strohhalm.

»Ja, das ist so geil«, stöhnte er.

Natürlich bin ich geil, was denkst du denn? Gern hätte sie ihm die Worte um die Ohren gehauen, aber sein Schwanz brauchte sie jetzt. Oder sie ihn? So lustvoll, wie es nur ging, verwöhnte sie ihn.

»Ich will dich haben«, stöhnte er.

Ja, mit der Aussage konnte sie »arbeiten«. Lächelnd stand sie auf und öffnete ihre Bluse.

Sofort griffen seine Hände nach ihren Hügeln. Er senkte den Kopf und befreite ihre Mollies von dem weichen Stoff. Sekunden später lagen ihre Titten frei. Sie wichste ihn weiter und er griff ihr unter den Rock.

Jetzt konnte sie ihre Lust nicht mehr verbergen. Ihr Slip glich einer Feuchtoase. Für einen Augenblick war es ihr peinlich.

»Wollen wir Sex haben?«, schnurrte er und küsste sie auf den Mund.

Ein Wirbelsturm aus Befriedigung, Erleichterung und Glück löste den ersten Höhepunkt in ihrem Körper aus. Ihr Herz raste. Ihre Augen wurden ganz wässrig.

Jetzt spürte sie seine Finger an ihrem Arsch. Breit, groß und warm lagen seine Hände auf ihren Backen. »Oh, noch eine trockene Stelle erwischt. Glück gehabt.«

Claire strahlte über das ganze Gesicht. Ein Mann, der alles hatte, wovon eine Frau träumte. Sogar Humor brachte er mit. Sie küssten sich immer intensiver. Die heiße Studentin wollte ihn spüren und drehte sich um.

Mit den Händen schob er sie gegen die Zufahrtsrampe für LKWs. »Passt doch. Sex auf einer Rampe, dann können wir gleich starten«, hauchte er ihr ins Ohr.

»Ich will nicht reden, sondern gebumst werden«, war ihre von Lust getriebene Antwort.

Warme Finger schoben ihren Slip zur Seite. Nun war sie frei und bereit für seinen harten Stab. Hoffentlich konnte er gut bumsen.

Nicht mal eine Sekunde später schob er sich in ihren Körper. Es war ein Fest. Endlich bekam ihre Pflaume das, was sie brauchte. Wellen der Lust fluteten ihren Körper. Plötzlich und unerwartet stieß er zu. Der nächste Höhepunkt machte Claire glücklich. Doch es war noch nicht vorbei. Weiter nahm er sie. So zärtlich und doch so dominant. Die hübsche junge Frau schwebte bereits auf Wolke sieben und war drauf und dran, weiter aufzusteigen.

Seine Hände spielten mit ihren Hügeln. »Du machst mich glücklich. Danke.«

Wieder flogen Schmetterlinge durch ihren aufgeheizten Körper. Selbst beim Vögeln zeigte er noch menschliche Größe. Was für ein Traummann.

»Darf ich in dir kommen, mein Schatz?«

Er hatte seine Entscheidung getroffen. Wenn ein Mann diesen Kosenamen für eine Frau benutzte, dann wollte er mehr. Claire ging viral. »Wenn du mich nie mehr mit einer Melone verwechselst, dann ja«, stöhnte sie, weil seine Schwanzspitze gegen ihre Gebärmutter stieß.

»Du bist die Beste.«

Claire huschte ein Lächeln über das Gesicht, dann kam er. Seine warme Milch machte sie unfassbar glücklich.

Eng umschlungen machten sie sich auf den Weg zum Studentenwohnheim.

»Wo ist mein Slip? Haben wir den vergessen?«, fragte sie erschrocken.

»Nicht direkt. Er steckt in meiner Hose. Ich mache ihn jetzt auch nass.«

Das Duo küsste sich verliebt auf den Mund.

Ich bin eine heisse Bitch

Jolanta freute sich. Der erste Schultag nach den Sommerferien. Endlich wieder Trubel, Jubel, Drama und Sex. Leicht erregt stand sie in einem winzigen String und einem Push-up-BH vor ihrem großen Spiegel. Sie hatte die Ferien genutzt, um ihren unglaublich heißen Körper zu pflegen. Ihre langen blonden Haare waren zu einem Pferdeschwanz zusammengebunden. Sie zog ihren String nach oben, sodass sich ihre Perle deutlich durch den harten Stoff abzeichnete. Wenn sie an die geilen Typen in der Schule dachte, spürte sie große Lust. So geil war Jolanta schon lange nicht mehr gewesen. Die Ferien waren sexmäßig ernüchternd. Gerade mal vier geile Nummern hatte sie in sechs Wochen erlebt und genossen. Viel zu wenig für ihren süßen Körper. Doch jetzt sollte sich das ändern.

»Schatz? Frühstück«, hörte sie die Stimme ihrer Mutter.

Ihre Mutter war ihr großes Vorbild. Mit ihren dreiundvierzig Jahren war sie ein sexy Vamp. »Ich komme«, trällerte sie und ging in die Küche.

Ihre Mutter Alisa – ebenfalls nur in Unterwäsche – servierte leckeres Rührei. Bewundernd schaute Jolanta auf den sexy Hintern ihrer Mutter. Was für ein Arsch! Schön groß, breit und so glatt.

»Mama, kannst du dir bitte was anziehen? Ich sehe deine Schenkel.«

Ihre Mutter lachte laut auf. »Wie bitte? Bei dir sehe ich alles.«

Jolanta schob sich einen großen Happen Rührei in den Mund und grinste. Ihre Mutter war die Beste, sie war für jeden Spaß zu haben. Ihre Tochter war mächtig stolz auf sie. Schon so manchen Abend hatten sie gemeinsam mit einem Glas Wein verbracht und über alles Mögliche gequatscht. Vor allem über Jungs. Jolanta hatte das Temperament und die Lust auf geilen Sex von ihrer Mutter geerbt. Außerdem war Alisa ihre beste Beraterin, wenn es um heiße Wäsche ging. Jolanta bekam von den sexy Fummeln einfach nicht genug.

»Freust du dich auf die Schule?«, fragte ihre Mutter und

setzte sich zu ihrer Tochter an den Tisch.

»Ja, es wird aufregend. Mama? Hast du einen neuen BH?«

»Worauf du alles achtest. Ja, habe ich letzte Woche gekauft, war runtergesetzt.«

»An mich hast du nicht gedacht?«, fragte Jolanta.

»Wie könnte ich meine sexy Tochter vergessen.« Alisa hielt ihrer Tochter grinsend ein in Geschenkpapier verpacktes Päckchen hin.

»Mama«, schrie die und riss es ihr aus der Hand. »Was ist es?«, brüllte sie aufgeregt.

Bevor ihre Mutter antworten konnte, hatte Jolanta das Papier schon aufgerissen. Sie strahlte. »Mama, was für ein heißes Teil«, rief sie. Sofort schlüpfte sie in den engen Latex-Minirock und rannte zum Spiegel.

Alisa schaute ihrer Tochter lachend zu.

»Mama, wo hast du den her? Bestimmt nicht aus einem normalen Geschäft«, fragte Jolanta streng.

»Nein, ich war in einem Sexshop. Dreißig Prozent auf alles. Ich musste mir was kaufen. Dein Vater ist immer noch in Helsinki. Das Geschäft zieht sich. Wenn ich ihn richtig verstanden habe, geht es um mehr als eine Million Euro, die er mit nach Hause bringt, wenn alles klappt.«

»Das Teil ist so was von kurz. Man sieht alles … wenn ich es will.«

»Schatz, du bist so was von versaut.«

Erregt streichelte Jolanta über den kalten Stoff. Ihre Lust kannte jetzt schon keine Grenzen mehr. Sie nahm Feuchtigkeit wahr. Es war noch nicht mal sieben Uhr in der Früh und sie lief aus. Wenn sie an die heißen Typen in der Schule dachte, jubelte ihre Spalte. »Kann ich das Teil gleich anlassen? Dazu ein weißes Top und schwarze Unterwäsche. Boah, die Typen werden glotzen und die süßen Mädels werden mir die Augen auskratzen. Was für ein geiler Schulanfang … Danke, Mama.«

Alisia grinste nur. Sie liebte ihre Tochter und Sex. Jolanta kam ganz nach ihr. Auch sie hatte sich früher gern sexy angezogen und tat es auch heute noch. Sex war schön und wichtig. Wenn sie sexy durch die Stadt lief, spürte sie die heißen Blicke der Kerle, die nur eins von ihr wollten – Sex. Manchmal setzte sie sich in ein Café und geilte sich daran auf, sich unter den Rock schauen zu lassen. Besonders scharf war es, wenn sie nichts unter dem kurzen Rock trug und ihre Möse zeigte, die sie stets rasierte und schön eincremte.

Jolanta verabschiedete sich überschwänglich von ihrer Mutter und machte sich lächelnd auf den Weg. Sollte sie die Typen geil machen oder sich einen heißen Stier aussuchen und ihn um den Verstand bringen? Eine schwierige Entscheidung. Sie sah die ersten Schüler ihrer Klasse. Jung, heiß, geil, sportlich und von Lust getrieben. Mehr wollte und brauchte sie nicht. Schon klebten die Blicke der Jungs auf ihrem schlanken Körper, den sie bereitwillig zeigte. Leicht breitbeinig stellte sie sich zu einer kleinen Gruppe ihrer Mitschüler. Oberflächlich unterhielten sie sich ganz normal, unterschwellig spürte sie die lüsternen Blicke auf ihrem Schoß. Die Energie eines Atomkraftwerkes war nichts gegen die Hitze, die die Blicke der jungen Stiere in ihr auslösten. Wenn sie nicht bald einen Schwanz bekam, würde sie sich irgendetwas reinstecken.

»Schatz, endlich«, hörte sie eine weibliche Stimme.

Es war Cassandra. Jolanta drehte sich um und spürte warme Arme um ihren Hals. Die beiden Freundinnen kannten sich seit mehr als zehn Jahren und hatten schon so manches Hoch und auch so manches Tief miteinander erlebt. Beide waren blond und geil, wie Jolanta gern betonte. Die zwei jungen Frauen küssten sich sexy auf den Mund. Die Jungs pfiffen und johlten. Es war ihnen egal. Sie kannten sich nackt und hatten auch schon mal Spaß miteinander gehabt. Jolanta war etwas größer als Cassandra und hatte auch sonst überall etwas mehr zu bieten.

Ein Wagen hielt vor der Schülergruppe und ein äußerst attraktiver junger, blonder Mann stieg aus. Die zwei Freundinnen schmolzen dahin. Er trug eine blaue, leicht verwaschene Jeans und ein weißes Hemd, das an den Ärmeln hochgekrempelt war.

»Moritz Hantz«, flüsterte Cassandra.

Mit Schwung öffnete er die Hintertür seines Wagens und griff nach einer alten braunen Ledertasche, dabei streckte er seinen Arsch in Richtung der beiden Schülerinnen. Sein Arsch war so was von geil. Jolanta schmolz dahin. Moritz war ein Traummann. Groß gewachsen, wunderschöne Augen, ein tolles Lächeln – und erst sein Körper!

Er grinste die Schülerinnen an. »Guten Morgen, Mädels.«

Es war ein magischer Augenblick für Jolanta. Amor schoss Millionen von Pfeilen in ihre Richtung. Jetzt war klar, wen sie wollte.

»Er ist so heiß und so sexy. Hast du den Arsch gesehen? Dem Schwanz würde ich alles von mir zeigen, was er will«, sagte Cassandra seufzend.

Jolanta lief unten aus. Für solche heißen Stiere war ihr Körper gemacht. Alles an ihm war ein Traum. Leider sahen auch andere Schülerinnen den Mann in dem jungen Lehrer und er wusste um seine Wirkung auf Frauen. Manchmal reagierte er etwas überheblich, aber das störte sie nicht. Sehnsüchtig schaute sie ihm nach. Wenn es einen Mann gab, den sie haben wollte, dann war es Moritz.

Mehrfach lief er ihr noch über den Weg. Schaute er ihr auf den Rock? Es gab eine Kleiderordnung an der Schule, an die sich Jolanta aber nicht hielt. Normalerweise mussten die Röcke über die Knie reichen, was bei ihrem roten Fummel definitiv nicht der Fall war. Warum auch. Sie konnte und wollte ihren Körper zeigen, zumal sie ihre Mutter hinter sich wusste. Immer wenn er in ihrer Nähe war, fühlte es sich an, als würde sie dem flüssigen Magma eines Vulkans näher kommen. Die obersten Knöpfe seines Hemdes waren geöffnet, darunter zeigte sich ein blonder Pelz auf seiner Brust. Wie gern würde sie seinen harten Schwanz in den Mund nehmen!

Ihre Lust war gigantisch. In der dritten Stunde hatte sie auch noch bei ihm Unterricht. Mathematik. Sie war gut in der Schule, gerade in Mathe. Dort machte man ihr nichts vor. Im Leben auch nicht, aber wenn es um Zahlen ging, dann war sie kaum zu schlagen. Sexy lächelte sie ihn an, als er den Klassenraum betrat. Als sich ihre Blicke kreuzten, spürte sie sofort dieses starke Verlangen in sich. Ihr Körper wollte ihn. Sexy schlug sie die Beine übereinander. Natürlich hätte sie ihm gleich ihren schwarzen String zeigen können, aber sie war der festen Überzeugung, dass Moritz auf dezente Erotik stand.

Er schaute kurz auf ihre braun gebrannten Beine und stieg dann in den Unterricht ein. Mehrfach durchstreifte er den Klassenraum. Ihre Augen lagen auf seinem Körper. Keine seiner Bewegungen blieb ihren leuchtenden Augen verborgen. Sie begann zu träumen und schaute gierig auf seine Hose.

»Jolanta? Steh auf und stell dich mit dem Gesicht zur Tafel«, befahl ihr Lehrer.

Sie stand auf und stellte sich vor das Lehrerpult.

Ihr Lehrer kam mit einem Zollstock zu ihr und nahm Maß. Das hätte er sich schenken können. Ihr Rock war kurz, sehr kurz. Ihre Lust brannte sich in ihren Kopf. Sie war jetzt nass.

»Dein Rock ist viel zu kurz.« Sie zuckte, als er ihr seine strengen Worte ins Ohr flüsterte. »Das muss bestraft werden.«

Sie hörte, wie er seine Gürtelschnalle öffnete. Scheiße, was hatte er vor?

Grobe Hände hoben ihren Rock. Zeigte ihr Lehrer der Klasse jetzt ihren heißen Arsch? Kurz darauf spürte sie etwas

Kaltes an ihrem Hintern. Was war das? Dann fiel ihr String zu Boden. Der geile Bock hatte ihren String zerschnitten. Zu weiteren Gedanken kam sie nicht. Ein warmes Etwas drückte sich gegen ihre Spalte. Es war hart.

»Jetzt fick ich dich, du süße Bitch«, brüllte er.

Schon drang er hart und schnell in ihre Perle ein. Eine Explosion der Lust erfasste ihren Körper und ließ sie erzittern. Ein gigantischer Sturm wütete entfesselt durch ihren Körper. Fickte er sie vor der Klasse? Lüsterne Hände wühlten sich unter ihre Wäsche und kneteten hart ihre Titten.

»Dein heißer Körper macht mich so was von geil. Ich werde es dir zeigen, mich so geil zu machen.« Mit großer Leidenschaft nahm er sie. Wie ein Hengst, der seine Stute bestieg, legte er seine Finger an ihre Schulter und beugte sich von hinten über ihren jungen sexy Körper. Sein Rüssel war groß und fleischig.

»Fick mich«, stöhnte sie. Sein Parfüm erreichte ihre Nase. Er roch herb und männlich. Geil. Weiter und weiter bumste er sie. Sie brannte und nur seine Sahne konnte sie löschen.

»Ich mach es dir jetzt«, stöhnte er und rammelte sie weiter.

Nur Sekunden später spürte sie seine Milch, die sich in ihrer Möse verteilte. Viel Milch schenkte er ihr. Während er in ihr pulsierte, knetete er weiter ihre Hupen, zwickte ihr hart in die Titten.

Jolanta kam mit einer Intensität, die ihre Beine zu Pudding machte. Es war ein gigantischer Höhepunkt.

»Jolanta? Träumst du?«, riss sie eine Stimme aus ihren Träumen.

»Wie?«, fragte sie irritiert.

»Gehst du bitte an die Tafel und löst die Aufgabe?«, wurde sie von ihrem Lehrer aufgefordert.

Jolanta stand auf. Tropfen der Lust liefen über ihre Schenkel. Die blöde Matheaufgabe überforderte sie jetzt. »Ich muss mal«, sagte sie und verließ den Klassenraum.

Puh, endlich war sie allein. Eine Sprinkleranlage war nichts gegen ihren völlig durchnässten String. Meine Güte, so nass war sie noch nie gewesen. Mit schnellen Schritten begab sie sich zur Toilette. Kurz darauf hielt sie ihren String in den Händen, der so nass war, dass sie ihn hätte auswringen können. So was am ersten Tag im neuen Schuljahr – heftig!

Nach einigen Minuten hatte sie sich wieder beruhigt und lief nicht mehr aus. Dafür blieb ihre Lust auf demselben Niveau. Wäre ja auch zu schön gewesen. Seufzend begab sie sich wieder zurück in den Klassenraum. Bevor sie die Tür öffnete, atmete sie noch einmal durch und setzte ihr schönstes Lächeln auf.

Als sie im Türrahmen stand, schaute sie Moritz an. Dabei spielte ihre Blume verrückt. Am liebsten hätte sie sich die Kleidung vom Leib gerissen und es ihm so richtig geil besorgt.

»Alles in Ordnung?«, fragte er besorgt.

Wie süß er fragte. Wie süß er sie anschaute. Wie süß er aussah. »Ja«, war ihre kurze und knappe Antwort.

Die Stunde zog sich ohne Ende. Sie verstand kein Wort. Es war ihr auch egal. Wie sportlich er war. Meine Güte, wie konnte ein Mann nur so sexy sein.

Er schaute auf die Uhr. »Mal bitte alle herhören. In zwei Minuten ist die Stunde zu Ende. Frau Brettschneider, unsere Vertrauenslehrerin, ist auf einer Kur. Ich werde ihre Aufgabe ab sofort vertretungsweise übernehmen. Jeden Tag biete ich in der sechsten Stunde eine Sprechstunde an. Ihr könnt immer zu mir kommen, auch wenn ihr Unterricht habt. Die Lehrer wissen Bescheid. Ich benutze das leere Büro neben dem Sekretariat. Wenn die Tür auf ist, habe ich Zeit. Bitte nur vorbeikommen, wenn es wichtig ist. Danke.«

Jolanta schrie innerlich vor Lust. Vertrauenslehrer. So, so. Ein heißer Plan der Verführung begann sich in ihrem Kopf zu bilden. Es musste etwas passieren. Ihre Mutter sagte immer, wenn sie einen Mann wolle, dann solle sie sich ihn nehmen. Genau nach diesem Prinzip wollte sie handeln.

Der Vormittag war gruselig und so langweilig. Endlich erklang die Schulglocke und die sechste Stunde begann. Was hatte sie für ein Fach? Egal. Maßlos geil eilte sie zum Büro, in dem ihr Lehrer schon auf sie wartete. Es war wahnsinnig warm. Die Tür stand offen.

Sie schaute um die Ecke. »Herr Hantz?«

»Ja, komm rein.«

Auch ihm schien die Wärme zuzusetzen. Ein weiterer Knopf an seinem Hemd war geöffnet. Ein weiterer Teil seines heißen Oberkörpers erblickte das Tageslicht.

Ein unbändiges Prickeln erfasste ihren Unterleib. Jolanta hatte sich einen Plan überlegt, den sie jetzt eiskalt durchzog. Sie schloss die Tür, drehte sich um und schaute ihn erwartungsvoll an. Seine Augen waren so sexy. Sie ging auf ihn zu, umrundete den Tisch und drückte ihn an die Stuhllehne. Bevor er den Mund aufmachen konnte, schwang sie sich auf seine Hüften.

»Was machst du da?«, stöhnte er.

»Das, worauf ich Lust habe.«

Jolanta griff nach seiner Hand und führte sie unter ihren sündigen Rock. Er wehrte sich, aber sie hatte seine Hand fest im Griff. Sie zwang ihn, ihre Pflaume zu berühren. Sie stöhnte, als seine Finger sie fanden. Fast wäre sie explodiert.

»Jolanta, ich bin dein Lehrer«, protestierte er.

Blitzartig zog sie ihr Top aus und zeigte ihm ihren schwarzen BH. Er nahm seine Hand nicht von ihrer Spalte.

»Ich kann kein Höschen anziehen, ständig bin ich nass … wegen dir.« Sie senkte ihr Becken und rieb ihre nasse Perle an seiner Jeans. Jolanta spürte seine harte Beule. »Wir sind geil, gefällt mir«, hauchte sie und drückte ihre Lippen auf den Mund ihres Lehrers.

»Das geht nicht, ich bin dein Lehrer«, wiederholte er.

Ohne auf seine Bedenken einzugehen, öffnete sie ihren BH und zeigte ihm ihre fünfundachtzig C. Jetzt hatte sie ihn. Er öffnete den Reißverschluss seiner Jeans und legte seine Vorhaut frei.

»Ich bin so geil auf dich«, flüsterte sie und steckte ihre Zunge tief in seinen Mund. Sie hatte schon einige Typen verführt. Doch Moritz war ihr Meisterstück. Jetzt machte sie den Sack zu und senkte ihr Becken. »Bist du groß«, seufzte sie.

Er stöhnte auf. Ihr Unterleib drückte sich gegen seinen Körper, er steckte tief in ihr.

»Ich …«

Bevor er weitersprechen konnte, drückte sie seinen Kopf zwischen ihre Titten. Intensiv zuckte sein Schwanz, als seine Lippen ihre Nippel berührten. Jolanta ging total steil.

»Du willst also gefickt werden«, stöhnte er.

»Ich warte schon lange darauf.«

Er hob sie an und setzte sie auf den großen Schreibtisch. Kurz wichste sie ihn, bevor er ihr seinen Schwanz tief in den Körper rammte. »Du machst mich schon so lange geil. Fast jeden Abend habe ich an dich gedacht.« Er drückte seine Lippen gegen ihre Schulter und biss zärtlich zu.

Sie stöhnte laut und griff nach seinen prachtvollen Eiern, die ganz schön schwer waren. »Lange nicht mehr gebumst?«, fragte sie leise und kicherte.

»Nein, leider.«

Moritz begann, sie hart zu nehmen. Fast zog er sich aus ihr zurück, um dann wieder hart zuzustoßen. Ihr Körper bebte bei seinen Stößen. Er stützte seine Hände auf dem Schreibtisch ab und nahm sie noch intensiver. Ein Sternenhimmel tat sich vor ihr auf. Bei jeder seiner intensiven Bewegungen zogen Sternschnuppen an ihrem Nachthimmel vorbei und sie seufzte laut. Moritz senkte den Kopf und knabberte an ihren Lustantennen. Er war so süß.

Einige Augenblicke konnte sie ihren Höhepunkt noch hinauszögern. Doch dann kam er schnell und intensiv. Ihre Hände krallten sich in seinen Rücken und sie gab sich laut stöhnend ihrer Befriedigung hin. Jolanta riss die Augen auf. Sie kam schon wieder. Ihr Körper verglühte im Fegefeuer der Befriedigung. Wie beim permanenten Rückstoß einer automatischen Waffe, erlebte sie eine Reihe von Orgasmen. Wild wurde ihr Körper geschüttelt. Jolanta war im siebten Himmel. Als ihr Lover kam, bestieg sie ein weiteres Mal den Berg der Lust und erlebte den Höhepunkt der Höhepunkte. Sie war am Ende und so glücklich. Moritz stöhnte laut und pumpte ihr seine Sahne unten rein.

Sie legte sich mit dem Rücken auf den Tisch und atmete kräftig durch. Grinsend schaute sie ihn an. Seine Stirn glänzte. Moritz war völlig außer Atem. Immer noch pulsierte er in ihr.

Eine Weile herrschte Stille. Dann zog er sich hastig an. »Steh auf und zieh dich an«, flüsterte er gequält.

Sie schaute ihn an. Als sie aufstand, schoss sein Sperma auf den Boden.

»Du kannst gehen, ich mache hier schnell sauber.« Er war nervös und das zeigte er auch.

»Was ist los?«, fragte sie.

»Jolanta, was hier eben passiert ist, darf sich nie wiederholen. Ist ja auch nicht schlimm, ist ja nichts passiert.«

»Bist du jetzt total bescheuert?«, rief sie.

»Was willst du? Ich bin dein Lehrer. Wir hatten Spaß, was nie hätte passieren dürfen. Nun ist es passiert. Es war auch schön, aber ich will hier Karriere machen. Sei brav und geh jetzt.«

Wütend schnaufte sie. »Gut, dann will ich deiner Karriere nicht im Wege stehen.« Sie warf ihre Haare nach hinten und zog sich an. »Nur zur Info, so schön war es nicht. Weiterempfehlen werde ich dich nicht.«

Voller Zorn ließ sie ihn allein. Mit dieser Reaktion hatte sie nicht gerechnet. Sollte sie aufgeben? Nein. Sie wollte ihn und sie würde ihn auch bekommen.

Die sechste Stunde schwänzte sie. Mit einer besamten Perle die Schulbank zu drücken, war nicht besonders erstrebenswert.

Als sie zu Hause ankam, rief ihre Mutter: »Schatz, bist du das?«

»Ja.« Sie zog ihre Schuhe aus und begab sich zu ihrer Mutter.

»Was ist los, mein Schatz? Du machst ein Gesicht wie drei Tage Regenwetter.«

»Es ist kompliziert«, stöhnte ihre Tochter.

»Schlechter Sex?«

»Ja. Du musst mir versprechen, niemandem etwas zu sagen. Ich habe mit einem Mann geschlafen. Heute. In der Schule.«

Alisa bekam große Augen und schaute ihre Tochter an. »Mit einem Lehrer?«, fragte sie fast flüsternd.

»Ja. Moritz.«

Ihre Mutter grinste. Am Elternsprechtag war ihr aufgefallen, wie unfassbar gut der junge Mann aussah. Wäre sie nicht verheiratet gewesen, hätte sie sich vielleicht selbst an den attraktiven Lehrer rangemacht.

»Hat er einen großen Schwanz?«, fragte Alisa grinsend.

»Mama, es war bombastisch. Mit seinem Stab kann er umgehen. Ich bin mehrfach gekommen. Du hast keine Ahnung, wie viel er mir reingespritzt hat. Ich will mehr«, stöhnte sie.

»Dann hol ihn dir.«

Mutter und Tochter schauten sich an. Jolanta grinste. In ihrem jungen Kopf arbeitete es bereits.

»Jetzt essen wir erst einmal. Ich hab Backfisch mit Kartoffelsalat gemacht. Dazu gibt es einen leckeren Salat und anschließend Schokoladenpudding mit Bananenscheiben.«

Jolanta strahlte. »Mama, du bist die Beste.«

Gemeinsam machten sie sich über die Leckereien her.

»Schatz? Ich musste auch um deinen Vater kämpfen. Wenn du der Meinung bist, Moritz ist der Richtige für dich, dann hol ihn dir. Du bist heiß. Dein Vater hat den Deal eingetütet. Wenn du Geld brauchst, kommst du zu mir. Ist das klar?«

»Mama, du bist so was von verdorben.«

»Danke, mein Schatz.«

Mit frischem Mut begab Jolanta sich auf ihr Zimmer. Es war an diesem Tag sehr warm und sie hatte ihr Reich direkt unter dem Dach. Nackt legte sie sich auf ihr Bett. Ihre Lust war trotz der heißen Nummer immer noch oder schon wieder ungebrochen. Wie würde sie ihn wieder ins Bett bekommen? Um diese eine Frage drehte sich bei ihr alles. Einige Ideen hatte sie, verwarf sie aber immer wieder.

***

Der nächste Morgen kam früher, als sie es wollte. Der Wecker holte sie aus dem Reich der Träume. Es war einfach zu schön gewesen. Sie lag in Moritz' Armen und spielte herrlich mit seinem Schwanz. Vor und zurück. Zurück und vor.

Ein neuer Tag und eine neue Chance. Sie hatte sich etwas überlegt, doch es war gewagt.

Nach dem Frühstück zog sie sich an: schwarze enge Leggins, ein bauchfreies Top und ein klassischer Blazer bedeckten oder unterstrichen ihren heißen Körper. Sie gab ihm maximal zwei Tage, bis sie ihn weichgekocht hatte. Kurz überlegte sie, ob er vielleicht eine Freundin hatte. War es für sie wichtig? Nein. Sie war jung, gut aussehend und sie wollte ihn. Einen Trumpf hatte sie noch vorbereitet, den würde sie aber erst ganz zum Schluss ziehen.

Gut gelaunt machte sie sich auf den Weg zur Schule. Heute hatte sie eine Doppelstunde Mathe. Genau die richtige Zeit, um herauszufinden, wie er zu ihr stand.

Schon als er den Klassenraum betrat, spürte sie seine Blicke. Zwar tat er so, als wäre alles wie immer, aber an seinen Augen sah sie sofort, dass der Drops noch lange nicht gelutscht war. Unruhig schauten seine Augen durch den Raum. Er ging ihr auffällig aus dem Weg.

In der Pause begann sie einen Streit mit einem Klassenkameraden. Es war harmlos. Sie wurde kurz lauter und schon stand Moritz hinter ihr.

»Ist alles in Ordnung?«, fragte er.

Ihr Klassenkamerad entfernte sich.

Sie beugte sich zu Moritz und flüsterte ihm ins Ohr: »Du fehlst mir. Ich bin nass.«

Sie sah die Lust und Gier in seinen Augen. Er starrte auf ihren heißen Körper. Das war gut. Es war noch lange nicht vorbei.

Er seufzte. »Wir hatten das doch besprochen.«

»Da wusste ich auch noch nicht, dass mir deine Sahne noch abends aus meiner Fotze laufen würde.«

»Wie redest du?«

»Ich will dich und wenn ich deine Augen richtig lese, dann willst du mich auch. Spätestens, wenn du in meinem Mund gekommen bist und ich endlich weiß, wie du schmeckst, wirst du mich in einem ganz anderen Licht sehen und fühlen.«

»Jolanta, wir sind hier in der Schule.«

»Beim letzten Mal hat es dich auch nicht gestört. Ich bin achtzehn und kann selbst entscheiden, vom wem ich mich besteigen lasse.« Sie schaute auf seine Hose. Die Beule war gewaltig. »Ah, ich sehe schon. Eine Mund-zu-Schwanz-Beatmung wird offenbar gewünscht.«

Sie provozierte ihn und es fühlte sich gut an. Sehr gut.

Das Gespräch wurde von einem Schüler unterbrochen. So war es genau richtig.

Den ganzen Vormittag kreisten ihre Gedanken um Moritz. Sie musste nur an ihn denken, schon richteten sich ihre Knospen auf. Meine Güte, was war sie wieder geil.

Endlich brach die sechste Stunde an. Eigentlich hätte sie Deutsch gehabt – langweilig. Während sie über den langen Flur lief, spürte sie ihre nasse Spalte. Dazu kamen noch einige hundert Tausendfüßler, die es sich in ihrem Bauch gemütlich gemacht hatten. Leise schlich sie zum Zimmer der Lust, wie sie das Büro getauft hatte, in dem sie leidenschaftlich genommen worden war. Vorsichtig linste sie um die Ecke. Er war allein und schaute in irgendwelche Hefte. Perfekt. Jolanta stellte sich in den Türrahmen und klopfte gegen das Holz.

Moritz hob den Kopf. »Jolanta. Es ist gut, dass du da bist. Wir müssen reden.«

Sie schloss die Tür und zog sich im Gehen den Blazer aus. Ihr Top spannte sich über ihre süßen Hügel. Waren sie größer geworden? Wenn sie geil war, kam es ihr immer so vor. Wie er sie anschaute, war so was von sexy. Wortlos setzte sie sich. Seine Blicke klebten auf ihren Nippeln. Er sagte kein Wort, sie auch nicht. Sie spürte, dass er sich längst in ihrem Netz verfangen hatte. Sie richtete ihren Oberkörper auf und zog das Top aus. Nun saß sie ihm oben ohne gegenüber.

»Wir dürfen und können das nicht.«

Ohne eine Miene zu verziehen, stand sie auf. Sein Blick wanderte zu ihrer Perle. Schweigend zog sie ihre Leggins aus, dann ihren weißen String. Sie stützte sich an der Lehne eines Stuhls ab. »Steh auf. Wenn du keinen harten Schwanz hast, dann sag mir ins Gesicht, dass du es nicht willst. Dann ziehe ich mich an und du wirst diesen sexy Körper nie wieder sehen.«

Er schaute ihr in die Augen. Sie hielt seinem Blick stand. Moritz stand auf. Seine Beule war unfassbar groß. Er umrundete den Tisch und blieb vor ihrem nackten Körper stehen.

Sie beugte sich nach vorn und spreizte die Beine. Er konnte alles sehen, was ein Mann sehen wollte.

»Du bist nass«, hauchte er.

»Und du hart«, war ihre kecke Antwort.

Sie bot sich an, aber wenn man einen geilen Hengstkörper wollte, dann musste man etwas tun. »Du kannst auch meinen Arsch haben, wenn es dich aufgeilt.«

Es war ihr letzter Trumpf. Ihr erster Freund hatte sie nicht nur vaginal entjungfert, sondern auch ihren Arsch aufgebohrt. Jolanta liebte es. Ein hartes Ding im Arsch zu spüren, war erregend.

Moritz leckte sich über die Lippen. Als er den Gürtel seiner Jeans öffnete, wusste sie, dass sie gewonnen hatte. Rasch zog er sich aus. Zum ersten Mal sah sie ihn nackt. Ganz nackt. Ihr Lehrer stellte sich hinter sie und legte besitzergreifend seine Hände auf ihre Rippen, streichelte ihren Bauch.

Es war das erste Mal, dass ein Mann nicht sofort nach ihren weiblichen Attributen griff. Sie brannte wieder vor Lust. Ein brodelnder Vulkan spie Feuer aus ihrer Perle.

Er drückte seinen harten Schwanz zwischen ihre Arschbacken.

»Steck ihn mir endlich rein. Ich will nicht mehr betteln«, flüsterte sie.

Einen Augenblick später fühlte sie seine Lust, seine Gier und sein Verlangen tief in ihr drin. Laut stöhnte sie auf. Ja, das war es, was sie wollte. Die süße Bitch hatte gesiegt.

Seine Finger umspielten ihre steinharten Knospen. »Du faszinierst mich«, hauchte er.

»Ich bekomme, was ich will.«

Er steckte tief in ihrem Körper. Für Jolanta war es ein Geschenk. Stöhnend bewegte er sich in ihr. Ihre Hände krallten sich in den Stuhl.

»Deine süße Bitch will gefickt werden. Hart und rücksichtslos«, sagte sie stöhnend.

Moritz legte los und bumste sie mit seiner ganzen Kraft. Wie ein Tier bei der Fortpflanzung fickte er ihren jungen Körper. So wollte sie es haben. Sie schloss die Augen und genoss seine Gier. Er keuchte in ihr Ohr. Wie süß.

Mehrere Minuten knallte er sie von hinten. Dann drehte er sie um und drückte sie mit dem Rücken auf den Schreibtisch. »Ich schau gern auf eine nasse Fotze, wenn ich sie ficke.«

»Besonders gern, wenn es eine so junge Möse ist, wie ich sie dir anbiete«, vollendete sie seinen Satz.

Weiter nahm er sie. Es war ein Traum. Sie liebte Hengste mit Steherqualitäten. Dazu gehörte Moritz definitiv. Sie kam mit einer Intensität, die ihr fast den Atem raubte. Ein heißer Feuersturm brannte alles in ihr nieder. Heiße Winde heizten ihren Körper auf, bevor ein gewaltiger Wolkenbruch ihre Lust löschte. Sie quiekte wie am Spieß. Es war noch schöner als am Tag zuvor. Weiter knallte er sie. Er bewegte sich in ihr, als würde sie eine Maschine ficken. Die nächste Welle der Befriedigung erfasste sie. Moritz brachte sie um den Verstand. Es war traumhaft schön.

Er hörte auf und küsste ihr Ohrläppchen. So hatte sie einen Augenblick, um sich zu fangen. Jolanta wollte ihr Versprechen halten und drückte seinen Körper ein Stück weit von sich. Mit einem vielsagenden Lächeln kniete sie sich vor ihn. Sein Schwanz war von einer Schicht Mösenschleim benetzt. Ihrem Mösenschleim. Gierig nahm sie seine Stange in den Mund. Sie schmeckte etwas salzig und sehr lecker. Sie saugte an seinem Stab wie an einem Strohhalm.

»Du machst das so gut«, stöhnte er.

»Natürlich mache ich es dir gut.« Voller Lust saugte sie weiter. Er sollte sich in ihrem Mund ergießen. Mit Hingabe lutschte sie weiter.

»Ich komme«, keuchte er.

Das war ihr Stichwort. Noch einmal gab sie alles und saugte. Einen Augenblick später kam er. Ja, wieder einmal hatte sie ihr Ziel erreicht. Verliebt schluckte sie alles, was sie bekam.

»Ich lecke deinen Schwanz noch schnell sauber.« Grinsend tat sie, was sie angekündigt hatte.

Mit einem breiten Lächeln saß sie eine halbe Stunde später mit ihrer Mutter am Mittagstisch und erzählte ihr alles. Wirklich alles.

Heisser Gruppensex im Park

Schweren Herzens hatte Ramon seinen Sohn zu seiner Mutter zurückgebracht. Der dreijährige Thies war sein ganzer Stolz, aber die Beziehung zur Mutter seines Sohnes war schwierig. Sie hatten einen wunderschönen Vormittag in seinem Kleingarten verbracht. Wie alle kleinen Jungen liebte es auch Thies, mit Wasser zu spielen und Matsch zu produzieren. Entsprechend dreckig sah auch er jetzt aus. Da sowohl die Wohnung seiner Ex-Frau als auch sein Kleingarten in Laufnähe waren, legte er alle Wege zu Fuß zurück.

Auf dem Weg zu seiner Wohnung kam ihm eine junge Blondine auf einem gelben Mountainbike entgegen. Sie trug ein bauchfreies schwarzes Top und eine sehr enge Radlerhose. Die Sonne setzte ihr zu, Schweiß lief ihr über die Wangen. Ramon sah sie an diesem Tag schon zum dritten Mal. Er fand sie extrem hübsch und attraktiv und lächelte sie an. Wütend trat sie noch intensiver in die Pedale. Innerlich schüttelte er den Kopf. Es waren fast dreißig Grad, wer trieb bei solchen Temperaturen freiwillig Sport?

Das Geräusch von quietschenden Reifen drang an sein Ohr. Er drehte sich um.

»Na, sind wir geil auf mich? Es wäre schön, wenn Sie mir

nicht jedes Mal auf meine Brüste und meinen Hintern schauen würden.«

Er schaute ihr ins Gesicht. Blaue kalte Augen schauten ihn an. »Was wollen Sie von mir?«, fragte er verblüfft.

»Hören Sie nicht zu? Männer. Dann erkläre ich es gern noch mal. Du Mann. Ich Frau. Du mich anglotzen, ich nix wollen. Verstanden?«

Er schaute sie an und zeigte ihr einen Vogel. »Krank im Kopf?«, fragte er wütend.

Meine Güte, was wollte sie von ihm? Ja, sie war attraktiv. Ihre Haut war schön braun gebrannt und ihr Körper sehr sexy, aber wie sie sich verhielt, war abnormal.

»Mich bumst du nicht!«, schrie sie und radelte wütend weiter.

Ramon schaute ihr hinterher. Was war mit dem Mädel los? Unglaublich. Er schüttelte den Kopf und setzte seinen Weg fort.

Die Frau musste irgendwo in der Nähe wohnen, so oft, wie er sie schon gesehen hatte. Mehr wusste er nicht über die hübsche junge Frau. Es konnte und sollte ihm auch egal sein.

***

Ramon hatte einige Tage frei. Was sollte er mit seiner Zeit anfangen? Ein Trip in den Park war genau das Richtige für ihn. Am frühen Vormittag packte er seine Tasche. Der Park war ein beliebter Ausflugsort. Auch er hatte schon so manche Stunde auf dem weitläufigen Gelände verbracht.

Mit einer Kühltasche machte er sich voller Freude auf den Weg. Auch diesen Weg legte er zu Fuß zurück. Auf seinem Weg kam er an einem Supermarkt vorbei. Schnell kaufte er noch zerstoßenes Eis und einige Dosen Cola.

Ein paar Minuten später lag er auf einer großen grünen Wiese, knapp fünfzig Meter vom großen See der Stadt entfernt. Viel war nicht los. Lag es an den hohen Temperaturen? Er freute sich, so hatte er mehr Platz.

Fünf junge Frauen in sexy Bikinis näherten sich. Boah, die widerborstige Blondine war auch dabei. Na toll. Sie schaute ihn an. Hatte sie ihn auch erkannt? Er trug eine Sonnenbrille, sodass sie seine Augen nicht sehen konnte. Sie tat so, als wäre nichts gewesen, und ignorierte ihn.

Nur wenige Meter von ihm entfernt machte es sich die Gruppe gemütlich. Die süße Blondine zog ihr Bikinihöschen aus, darunter kam ein sexy weißer String zum Vorschein. Auch Bikinistreifen erblickten das Tageslicht. Puh, ein heißer Anblick. Er liebte die weißen Streifen, die so sexy waren. Ihr Körper war zwar geil, aber ihre Persönlichkeit war zum Kotzen. Wieder musste er sich zwingen, sich nicht weiter mit ihr zu beschäftigen.

Leises Kichern traf sein Ohr und er schaute zu den Frauen hinüber. Sie verteilten Sonnencreme auf ihrer Haut. Die süße Blondine spreizte ihre Beine und benetzte die Innenseiten ihrer Schenkel mit der weißen Milch. Ja, sie erregte ihn. Voller Lust schaute er sie an. Scheiße, er bekam einen harten Schwanz. Seufzend legte er sich auf den Bauch. Seine Lust musste ja nicht jeder sehen. Sie schaute immer wieder zu ihm herüber. Sollte er mit ihr sprechen? Ramon war sehr neugierig. Gern hätte er mehr über die junge Frau erfahren, aber warum sollte er den ersten Schritt machen?

Die Frauen lachten viel und genossen den Nachmittag. Er spürte ihre Blicke, die ihn nicht kaltließen. Die heiße Blondine hatte süße Titten, die sich hinter einem weißen Bikinioberteil versteckten. Er sah ihren sexy Sixpack. Sie trieb viel Sport, das war klar.

Die Sonne schien immer intensiver vom Himmel und der Schatten der Bäume wurde immer begehrter. Da die Sonne inzwischen weitergewandert war, nahm Ramon seine Sachen und ließ sich weniger als fünf Meter neben der Mädelsgruppe nieder.

Als er sich eine kalte Cola gönnte, sah er die gierigen Blicke der jungen Frauen. Sie starrten ihn an, was nicht ohne Folgen blieb.

»Cola, wenn ihr nicht mehr glotzt?«, fragte er lachend. Er trug eine rote Badehose, die extrem ausgebeult war.

»Wir müssen uns beraten«, meinte eins der Mädchen. Sie steckten die Köpfe zusammen und tuschelten.

Zwei Minuten später schauten sie ihn grinsend an. »Wir akzeptieren das Angebot.«

Er verteilte die Cola. Auch der Blondine, die ihn so angemault hatte, reichte er eine kühle Dose.

»Danke«, hauchte sie.

»Oh, da kommen auch vernünftige Buchstaben aus deinem Mund. Ramon«, stellte er sich vor.

»Sabrina.«

Sie schauten sich an. Er fand sie ziemlich süß.

Sie rollte die kalte Dose über ihren schlanken Bauch. Sie fror, zumindest wenn man nach ihren angeschwollenen Nippeln ging. Er hätte etwas sagen können, aber er wollte sie nicht provozieren.

Die Frauen und er kamen ins Gespräch. Alle waren sehr nett. Die attraktiven Körper erregten ihn. »Zufällig« lag eine kalte Dose in seinem Schritt. Die Kälte hielt seine Erregung in Grenzen. Welcher Mann würde sich nicht »freuen«, neben einer Handvoll junger und hübscher Frauenkörper zu liegen? Immer wieder tauschte er tiefe Blicke mit der Blondine aus. Wie Motten, die um eine Lampe kreisten, schwirrten die zwei Körper umeinander herum.

Ihre Blicke richteten sich immer wieder auf seine enge Badehose. Er beschäftigte sich intensiv mit ihrem weißen Bikini. Ihre Haut war wunderschön braun gebrannt. Der String ließ tief blicken.

Die Mädels gingen ins Wasser. Ramon und Sabrina blieben zurück.

»Es tut mir leid wegen neulich«, seufzte sie.

»Du warst schon ziemlich schräg. Was war passiert?«, fragte er.

»Interessiert es dich wirklich oder willst du nur Interesse heucheln?«

»Du hast aber auch Borsten auf der Zunge.«

»Männer. Sie sind Schweine. Wollen nur bumsen und wenn du als Mädchen dann mal ein wenig Romantik willst, wird gleich fremdgebumst«, klagte sie.

Jetzt wusste er, warum sie so sauer gewesen war. Zumindest konnte er es sich denken. »Warst du in einer Beziehung oder verliebt?«

»In einer Beziehung, die es nicht mehr gibt. Als ich die Wohnungstür aufschloss, lag der Typ auf der Couch und ließ sich den Schwanz lutschen. Hatte er sich doch wirklich eine Nutte bestellt. Ich könnte jetzt noch kotzen. Boah, Männer sind solche Schweine.«

Jetzt wusste er, woran er war. Der Klassiker. Sabrina war betrogen worden und hatte es noch nicht verarbeitet. Was für trübe Aussichten. Die Coladose wurde langsam warm und konnte seine Lust nicht mehr verbergen. Sein Rüssel zuckte gewaltig. Hoffentlich schaute sie jetzt nicht in seine Richtung. Schnell steckte er die Dose wieder in seine Kühlbox und bedeckte seine Lenden mit einem Handtuch.

»Geil?«, fragte sie grinsend.

Ramon legte sich auf den Rücken und musste lachen. »Ich wollte es so gern verbergen. Tut mir leid, bitte nicht böse sein.«

Sabrina legte sich neben ihn. Beide starrten nach oben. Einige Schönwetterwolken zogen über den Himmel. Sie versuchten, Formen oder Dinge in den Wolken zu erkennen. Sie lachten und genossen den Augenblick. Also konnte Sabrina auch anders. Einige Minuten genossen sie das ungezwungene Zusammensein.

»Willste wichsen?«

»Hier? Geht doch nicht.« Er spürte die Lust in ihm erwachen. Nein, sie war schon wach, doch jetzt nahm sie weiter Besitz von ihm.

Bevor er antworten konnte, spürte er ihre gepflegten Finger, die unter seinem Handtuch verschwanden. Schon legte sie Hand an. Er zuckte, als ihre Finger über seinen Rüssel streichelten.

»Ist ja nicht gerade klein«, meinte sie. Sabrina befreite seinen Stab aus der engen Hose und er entfaltete sich zu seiner vollen Größe. Mit ihren gemachten Fingernägeln zog sie seine Vorhaut zurück.

»Mach es mir, ich will Dirty Talk«, stöhnte er.

Sie massierte ihn weiter. »Fickst du in Gedanken meine ausgeleierte Fotze, die jeden Tag benutzt wird?«

Ja, er stand auf diese dreckige Gossensprache, die sie jetzt benutzte. »Ich weiß es nicht. So bist du ja ganz hübsch, auch wenn ich nicht wissen will, wie viele Kerle schon in dir gespritzt haben.«

Weiter wichste sie ihn. Sabrina formte ihre Lippen zu einem sexy Kussmund und grinste ihn an.

»Boah, mach es mir bloß nicht mit dem Mund. Ich will nicht der tausendste Typ sein, der dein Maul besucht.« Geil, Dirty Talk war aufregend. Immer härter wurde sein Rüssel.

Ihre Freundinnen kamen zurück. Sie schauten auf das Handtuch, das auf seinem Schoß lag.

»Wichst du ihn?«, fragte eins der Mädels kurz und knackig.

Ramon wurde rot. Es kam nicht jeden Tag vor, dass er bei heißen Wichsspielen erwischt wurde.

Ohne mit der Wimper zu zucken, machte sie es ihm weiter.

»Jetzt nimm doch das Scheißhandtuch weg. Wir wollen seinen harten Schwanz auch sehen«, meinte eine ihrer Freundinnen.

»Nein«, protestierte er.

Zu spät. Sabrina hob das Handtuch und sein harter Schwanz erblickte das Tageslicht.

»Tut mir leid«, stöhnte er und wurde rot.

»Ist doch okay. Er sieht ganz gut aus.«

Mehrere Augenpaare richteten sich auf seinen Rüssel.

»Schatz, mach das mal anders. Vorhaut zurückziehen und dann nimmst du deine künstlichen Fingernägel und fährst über seine empfindliche Spitze. Mein Typ geht da immer total ab. Vorher ziehst du ihm aber die Hose aus. Sieht ja aus wie auf der Flucht … Lass mal, ich mach das schon.«

Die Hände einer äußerst attraktiven Schwarzhaarigen griffen nach dem Gummizug seiner Badehose. Mit Schwung zog sie ihm die Hose aus. »So, jetzt haben wir alle freie Sicht«, meinte sie.

»Wollen wir ihm unsere Titten zeigen?«, fragte Sabrina.

»Ja, soll er uns auch anfassen«, hörte er eine weitere Stimme.

Wenige Sekunden später war er im Paradies. Große Brüste, kleine Brüste und Brüste, die eine Hand ausfüllten, machten ihn glücklich. Drei der Mädels begannen an den Titten ihrer Freundinnen zu spielen, während Sabrina weiter seinen harten Schwanz verwöhnte.

»Er steht auch auf Dirty Talk«, erklärte die sexy Blondine, die seinen Schwanz wichste.

»Sag das doch gleich. Geilt es dich auf, wenn wir mit unseren dreckigen Fingern an unseren durchgekneteten und oft benutzten Titten spielen?«

Die Worte waren für ihn eine Wonne. »Na ja, solange ich die Hängedinger nicht verwöhnen muss«, stöhnte er.

»Sich an uns aufgeilen und dann so billig reden? Ich zeige

ihm jetzt meine Möse.« Eins der Mädchen zog ihr Höschen aus. Sie war nass und das gewaltig. Er starrte ihr zwischen die Beine. Ihre Möse glänzte sexy im Tageslicht.

»Gefällt dir der Anblick meiner Fotze? Ich bin seit Tagen geil. Vor einer Stunde habe ich es noch schnell einem Typ am Bahnhof gemacht. Er war geil und ich feucht. Kurz reingesteckt und dann habe ich ihn schon entsaftet. Seinen Namen kannte ich nicht, hat mich auch nicht interessiert. Er hat in meine Hurenfotze gespritzt und ich hatte meine Geilheit für einige Stunden unter Kontrolle.«

Ramon wurde immer geiler.

»Mädels, er will mich.« Grinsend stand Sabrina auf und zog in aller Öffentlichkeit ihren String aus. Auf der Breite eines Slips war ihr Unterleib komplett weiß. Sein Schwanz zuckte, als er ihre nasse Möse sah. Sie trug noch ihr Bikinioberteil. Geil. Mit ihrer ungeschützten Scham setzte sie sich über ihn, dabei berührte seine harte Eichel die Innenseiten ihrer Schenkel.

»Er ist schon ganz nervös und zuckt.« Sabrina setzte sich auf seine Schenkel. Der harte Bolzen zwischen seinen Beinen drückte sich gegen ihre Scham.

»Gefällt dir meine dreckige Fotze? Mein Ex wollte seinen Schwanz erst in meinen Arsch stecken und mir dann unten reinspritzen. Er ist fast durchgedreht, als ich zu ihm sagte: Mach doch.«

Seine gierigen Hände streichelten ihren Arsch. Knackig und fest waren ihre strammen Backen.

Wieder griff sie nach seinem Schwanz und wichste ihn hart. Dann beugte sie sich zu ihm hinunter. »Wenn du auch nur mit einer der Schlampen fickst, wird dein Besuch in meiner Fotze einmalig bleiben.«

Ramon wusste nicht, was er sagen sollte. Doch er brauchte auch nichts sagen. Sabrina richtete ihren Oberkörper auf und schob sich seine Nudel tief rein. Fast wäre er explodiert. Ihre Enge war geil. Sie drückte ihren Leib gegen seinen Unterleib.

»Fick sie. Fick sie. Fick sie«, skandierten die Mädels.

Ramon war getrieben von seiner Lust und griff nach ihren Möpsen. Die Nippel waren steinhart. Sie ließ ihr Becken kreisen und steigerte seine Ekstase weiter und weiter.

»Schmier die Fotze«, johlte eine ihrer Freundinnen.

Wie recht sie hatte. Weiter knetete er ihre vollen Titten, die er wie zwei Tennisbälle in den Händen hielt. Sabrina stöhnte laut und hatte die Augen geschlossen.

Eine Minute, länger hielt er nicht durch. Er streckte sein Becken so stark durch, dass Sabrina fast heruntergefallen wäre. So heftig war er noch nie gekommen. Nein, er kam nicht, er explodierte. Mit einer ungeheuren Wucht schossen die Fontänen der Lust gegen ihr Fleisch. Seine Gespielin wimmerte. Das süße Ding kam ebenfalls. Sexy zuckte ihr Bauch.

»Schaut euch das an. Schatz, press seine Sahne raus. Wir wollen auch Spaß haben«, hauchte eine ihrer Zuschauerinnen.

Sie hob ihr Becken und streckte ihre besamte Möse in die Höhe.

»Was muss er für einen Druck draufgehabt haben? Seht ihr die Massen, die aus ihrem Loch laufen? Unglaublich.«

Selbst der Verursacher musste grinsen, als er sein Werk sah. Sabrina war unten total zugeschleimt.

»Kann mich mal bitte jemand abwischen, ihr lüsternen Weiber?«, rief Sabrina grinsend.

»Bist du verrückt? Ich mache ein paar Fotos. So eine besamte Muschi muss für die Nachwelt festgehalten werden.«

Ein Handy blitzte mehrfach und schon war die geschmierte Perle der jungen Frau aufgezeichnet.

»Jetzt vielleicht?«, hauchte die sichtlich erschöpfte Blondine.

Flinke Finger strichen mit einem Papiertaschentuch über Sabrinas Unterleib.

»Ich fühle mich gerade richtig gut«, seufzte sie.

Es herrschte Stille. Die Mädels schauten sich an. Ramon grinste, weil sein Stab schon wieder zu zucken begann. Was sollte er auch machen? Immer noch liefen die Frauen oben ohne herum. Alle waren jung und attraktiv. Für Ramon ein Genuss.

Sabrina grinste ihn an. »Schaust du mir wieder auf meine Blume?« Sie gab sich völlig hemmungslos. Lasziv hatte sie ein Bein angewinkelt. Die junge Frau zeigte sich und was sie hatte. Ein extrem sexy Anblick.

Eine ihrer Freundinnen öffnete die Tube mit der Sonnencreme und verteilte die weiße Milch auf Sabrinas heißer Haut.

»Schaut mal auf seinen Schwanz. Ich werde von einer Frau eingecremt und der geile Bock bekommt schon wieder eine Latte. Schatz? Spiel mir mal bitte unten rum. Mal schauen, wie hart wir ihn bekommen.«

Ramons Stab zuckte wild, als zarte Frauenfinger die Möse verwöhnten, die er nur wenige Minuten zuvor besamt hatte. Voller Lust schaute er Sabrina zu. Die anderen Mädels verfolgten ihre ganz eigenen Ziele.

Eine weitere warme Frauenhand griff nach seinem Stab und begann, ihn liebevoll zu wichsen. »Ich will ihn auch spüren«, hauchte eine junge Frau, die er nicht mal mit Namen kannte.

»Vielleicht verrätst du mir deinen Namen«, stöhnte er unter ihren sexy Fingern.

»Nancy, aber jetzt bin ich deine billige Bitch, die deinen Schwanz verwöhnt. Gefällt es dir? Wir können ganz viel Spaß haben. Ich mache alles, was du dir vorstellen kannst.«

Bevor er reagieren konnte, senkte die schwarzhaarige Schönheit mit ihren vollen Brüsten den Kopf. Voller Lust saugte sie an seinem Stab. Ramon seufzte vor Lust. Leicht hingen ihre Möpse und berührten seine Lenden.

»Mach es mir mit den Titten«, stöhnte er.

»Ja? Soll deine Hure es dir machen?« Grinsend drückte sie ihre Titten zusammen.

Sexy schaute sein Bolzen mit seiner roten Spitze wie die Spitze einer Antenne über ihre Hügel. Sie spuckte auf seinen Stab und begann, ihn zu bumsen. Laut stöhnte er auf. Ihr weiches Fleisch fühlte sich heiß an. Wieder bildete sich ein Kreis aus jungen Nymphen um den jungen Mann. Erregte Frauenhände streichelten seine Haut, verwöhnten seine Brustwarzen und strichen durch sein volles Haar.

Sein Schwanz war steinhart. Er war bereit für eine zweite Runde.

»Mädels, wisst ihr noch?«, fragte Sabrina.

Die Frauen schauten sich an und spuckten der Reihe nach auf seinen Bolzen. Geil.

»Ihr dreckigen Hühner«, stöhnte er.

Sabrina beugte sich zu ihm hinunter. »Gefällt es dir, von so vielen jungen, dauergeilen Schlampen, die nur an Schwänze denken, verwöhnt zu werden? Nancy und ich treiben es gern mal miteinander. Sie steckt mir dann ihre versauten Finger unten rein. Meist fesselt sie mich dann. Wenn ich nicht brav bin, bin ich ihre dumme Sklavin. Sie will dann immer geleckt werden. Wenn ich es ihr nicht gut mache, bekomme ich eine Ohrfeige und sie beleidigt mich. Ich finde es scheiße, aber was soll ich tun? Meine Geilheit zwingt mich sonst auf den Strich.«

Ramon schaute sie mit glasigen Augen an. Er war steinhart.

Nancy ließ seinen Stab los. Schon spürte er an seinem Schaft die nächste Hand, die ihn sofort zu wichsen begann.

»Ihr lüsternen Schlampen«, stöhnte er und schloss die Augen.

Er fühlte sich wie im alten Rom. Heißer Gruppensex mit jungen Sklavinnen, die seine Wünsche erfüllen mussten. Die Reize, die er erlebte, waren nicht in Worte zu fassen. Das Treiben steuerte auf seinen Höhepunkt zu, als es plötzlich donnerte.

Alle schauten gebannt gen Himmel. Dunkle Wolken schoben sich vor die Sonne.

»Scheiße«, stöhnte Sabrina.

Die ersten Tropfen erreichten schon den Boden. Viel Zeit hatte die Gruppe nicht mehr. Alle schnappten sich so viele Sachen wie möglich.

Gemeinsam erreichte man den Vorbau eines Kanuvereins. Alle waren inzwischen vollkommen nass. Ramon drückte die Türklinke hinunter, das Vereinshaus war nicht abgeschlossen.

»Meine Damen, darf ich bitten?«, fragte er.

Die Frauen und ihr Begleiter begaben sich in das Gebäude. Die ersten zwei zogen sich aus. Als Nächstes schaute er zu Sabrina. Er war immer noch in ihre Bikinistreifen verliebt. Der Kontrast geilte ihn einfach auf. Ramon entdeckte einen Stapel Handtücher, stellte sich mit einem Handtuch hinter Sabrina und begann, sie zu trocknen. Ramon hatte seine Entscheidung getroffen. Sein Herz schlug für Sabrina. Sie war jung und hübsch. Er war geil und sexy. Eine perfekte Mischung. Zärtlich tätschelte er ihren sexy Arsch. Von hinten griff er ihr mit dem Handtuch an die Möse und trocknete mit dem zarten Frotteehandtuch ihre Perle. Willig spreizte sie die Beine und beugte sich leicht nach vorn. Jetzt konnte er ihr noch direkter zwischen die Beine fassen.

»Schaut mal, da arbeiten aber die Hormone«, meinte Nancy.

Sabrina grinste. »Schatz, du bist doof.«

»Wirklich? Schau dich mal an. Du stehst so was von nuttig da. Jetzt schau mal auf seinen Schwanz. Seine Hand liegt zwischen deinen Beinen und er hat einen Harten. Ich kann eins und eins zusammenzählen.« Ihre Freundin lachte dreckig.

Ramon erregten Nancys Worte sehr, was man an seinem freudig erregten Muskel ablesen konnte. »Mach es mir«, flüsterte er.

Die Mädels schauten sich nur an. Wie würde Sabrina sich entscheiden?

»Denk daran, ich habe in keiner anderen Frau gesteckt«, fuhr er fort und drückte seinen Luststab gegen ihren Arsch. Seine Hände streichelten über ihren durchtrainierten Bauch. Ihre Haut war wunderschön weich und so herrlich warm. Weiter glitten seine Finger und schoben ihr Bikinioberteil nach oben. Er legte seine Hände über ihre knackigen Brüste. »Ah, du hast deine Antennen schon ausgefahren«, hauchte er ihr ins Ohr.

Jetzt lag es an ihr. Würde sie ihn gewähren lassen? Außer ihrer Lust hatte sie bisher keine weitere Reaktion gezeigt. Lustvoll knetete er ihren Körper. Schon allein durch die zarten Berührungen ihrer Haut wuchs seine Lust immer mehr. Ramon machte weiter und führte seine Finger zu ihrer Perle, die er liebevoll berührte.

»Ich weiß nicht«, seufzte sie leise.

In den nächsten Augenblicken würde sich alles entscheiden. Erfolg und Misserfolg lagen dicht beieinander.

»Ich bin nicht jeder.« Ja, er bedrängte sie. Doch wenn er jetzt nicht alles in die Waagschale warf, dann hatte er sie vielleicht verloren. Weiter verwöhnte er ihren Unterleib. Lustvoll seufzte sie auf.

Nancy kam auf das Duo zu. »Wenn du ihn dir nicht holst, dann gehört er mir«, flüsterte sie Sabrina ins Ohr und griff nach seinen Eiern.

»Wir können einen willigen Sklaven gebrauchen. Was meint ihr, Mädels?«, brüllte sie.

Was bekam sie als Reaktion? Tosenden Jubel.

Sabrina drehte sich um und küsste Ramon gierig auf den Mund. »Wir ficken jetzt. Ihr dürft zuschauen, wie ich meinen Schatz glücklich mache. Ach ja, mich darf man oder besser gesagt frau gern anfassen. Wer Ramon auch nur berührt, wird von mir bestraft«, erklärte sie.

Gierig drückten die beiden ihre Lippen aufeinander und gaben sich ihren Gefühlen hin. Sofort spürte er ihre warme Hand an seinem Schwanz. Ja, sie hatte sich entschieden. Es fühlte sich traumhaft schön an.

»Haben wir schon Winter?«, hauchte er.

»Warum?«, fragte sie und biss ihm liebevoll auf die Lippe.

Endlich kam sie aus sich heraus. Frauen, die ihre Gefühle zeigten, fand er toll. »Du hast meinen Schwanz so umklammert, dass er schon schwitzt.«

»Nein, du läufst aus.«

Sie küssten sich weiter und weiter.

»Soll er seine billige Schlampe bumsen?«, fragte sie laut.

»Bumsen. Bumsen. Bumsen«, riefen ihre Freundinnen klatschend.

»Ihr seid total versaut«, meinte er.

Schon kniete sie vor ihm und nahm seine Lanze tief in den Mund. Wieder fickten sie unter den Augen ihrer Freundinnen. Es war aufregend und ziemlich geil. Ramon kam jetzt schon einige Stunden in den Genuss dieser extrem heißen Stutenherde, die im Kreis um ihn herumstand. Er schaute Sabrina auf die Titten und grinste, als er sah, wie eine leicht milchige Flüssigkeit aus ihrer Perle tropfte.

»Eure Freundin trägt noch meinen Samen«, bemerkte er lachend.

»Wie bitte?«, spielte Nancy die Empörte und kniete sich hinter Sabrina.

Ramon zuckte vor Erregung, als er sah, wie Nancy ihrer Freundin die Hand zwischen die Beine legte und ihr einen Finger reinschob. Sexy fickte sie seine Gespielin.

»Ramon hat recht. Ich spüre es auch. Da ist mehr als nur Lust.«

Drei gierige Augenpaare schauten Sabrina von oben auf die Möse.

»Beine breit, du Hure«, flüsterte Nancy.

Vulgär folgte diese der Aufforderung ihrer Freundin und präsentierte ihre nackte Scham.

Plötzlich brachen die Dämme der Lust und die Frauen fielen übereinander her. Sie küssten und streichelten sich. Rudelbums unter Lesben. Ramon fielen fast die Augen aus. Mal härter und mal weicher küssten, streichelten und verwöhnten sich die jungen Frauen. Wer auf Lesbenpornos stand, der kam auf seine Kosten. Ramon hatte das Glück, seine Stute gefunden zu haben.

»Übrigens – ich kann auch gut Blockflöte spielen. Mein Musiklehrer ist immer ganz begeistert und schaut mir gern zu, wenn ich die Lippen spitz forme. Er sagt dann immer zu mir, ich soll laut pusten, wie ich kann. Leider verstehe ich immer blasen. Kannst du mich verstehen?«, fragte ihn Sabrina.

Sie war gut, sehr gut. Mit der Spitze ihrer Zunge umspielte sie seine Eichel, was sich auf seine Erregung auswirkte. Immer größer wurde sein Verlangen. Sabrina grinste und entließ seinen Schwanz. Im nächsten Augenblick dachte er, er wäre im Paradies. Ohne den Ansatz von Hemmungen nahm sie seine Eier in den Mund. Es war für ihn das erste Mal. Wie ein Bonbon, das man im Mund von einer Seite auf die andere Seite wendet, schob sie sein Ei von rechts nach links und von links nach rechts. Ramon ging total steil.

Mehrere Minuten verwöhnte sie ihn auf diese sehr einfühlsame Art und Weise.

Währenddessen brachen um ihn herum alle Dämme. Eine der jungen Frauen wurde oral verwöhnt, während sich die dritte Frau über das Gesicht einer der Nymphen kniete und geleckt wurde.

»Wir ficken gern miteinander«, erklärte ihm Sabrina.

Das glaubte er aufs Wort. So vertraut die Frauen sich verwöhnten, taten sie das nicht zum ersten Mal.

»Ich will es doggy«, flüsterte sie und drehte sich um. Sexy wackelte sie mit dem Arsch.

Nancy grinste und schlug ihrer Freundin mit voller Absicht auf ihre heiße Kiste. Schon kniete sie hinter ihr und streichelte über ihre nasse Perle.

»Hast du ihm schon erzählt, wie geil es ist, wenn er mit der Zunge deinen Arsch bumst?«

»Nancy, halt die Klappe.«

Ramon grinste. Mit der Hand deutete er Nancy an, Platz zu machen, was diese auch tat. Er kniete sich hinter die sexy Blondine und leckte mit der Zunge über ihre Rosette.

Laut stöhnte sie auf. »Deine Bartstoppeln sind so was von geil, die kitzeln so herrlich.«

Ramon grinste, ja, er konnte auch lecken. Voller Lust widmete er sich ihrem Arsch.

Die jungen Frauen hörten sofort auf, sich zu verwöhnen, und schauten dem Hengst in ihrer Mitte zu.

»Meine Güte, er leckt ihren Arsch … Ui, ist das schön … Wenn ich mal so einen verständnisvollen Freund hätte.«

Die Frauen tuschelten. Sabrina warf den Kopf nach hinten und senkte ihren Oberkörper. Jetzt kamen ihre zwei sexy Backen noch besser zur Geltung. Weiter verwöhnte er sie. Sabrina grunzte und stöhnte. Tropfen der Lust bildeten einen See der Erregung auf dem Boden. Ihre Zitzen waren steinhart.

Es kam unerwartet und war so schön. Ihre Schenkel bebten. Ein Erdbeben der Stärke zwölf war nichts dagegen. Ihr Bauch zuckte. »Es ist so schön«, seufzte sie und genoss den Augenblick.

Es herrschte Stille, alle schauten auf Sabrinas sexy Kiste. Sie beobachteten genau, was Ramon mit seiner Zunge anstellte. Es war ein Traum.

Sabrina lag vor ihm und grinste über beide Backen. »Mädels? Wer meinen Freund anfasst, dem kratze ich die Augen aus«, warnte sie.

Mit einem breiten Lächeln drehte sie sich um und schaute Ramon in die Augen. Dann legte sie sich auf den Rücken und spreizte die Beine. Wie zwei Berge lagen ihre Titten auf ihrer Brust.

Gierig drückte er seine Nudel auf ihren Bauch.

»Er ist groß … von so einer Nudel möchte ich mich auch mal ficken lassen … Die Eichel erst.«

Die Kommentare ihrer Freundinnen gingen ihm runter wie Öl.

Sabrina griff nach seinem Stab und wichste ihn. »Steck ihn mir rein. Er soll sein Revier kennenlernen. Dein läufiges Miststück will benutzt werden.«

Sie hatte es nicht vergessen. Ihre dreckigen Worte waren ein Geschenk. Langsam schob er sich in ihren Leib. Sabrina stöhnte laut. Wieder geilte er sich an ihrer Enge auf. Der Kontrast ihrer braun gebrannten Schenkel und ihrer weißen Perle stachelte ihn weiter an. Fast schon obszön zeigte sie sich. Offen, ungeschützt und so sexy.

Langsam bewegte er sich. Seine Gespielin spannte ihre Bauchmuskeln an und zeigte ihm ihren Sixpack. Konnten Augen auch mitficken? Er wusste es nicht, aber es kam ihm so vor. Weiter und weiter nahm er sie. Lustvolles Stöhnen zeigte ihm, wie gut er war.

Die Frauen standen um ihn herum und beobachteten jede Bewegung. Junge Titten und nasse Mösen, was wollte man(n) mehr. Zwei der jungen Stuten liefen aus. Lange würde er nicht mehr durchhalten.

Nancy beugte sich über ihre Freundin und beide küssten sich sexy auf den Mund, dabei ließen sie ihre Zungen tanzen.

»Besser als in jedem Lesbenporno«, stöhnte Ramon, der von der Anstrengung der geilen Nummer bereits gezeichnet war.

»Wir bumsen immer besser als in den Streifen«, meinte Nancy lachend und begann, an den harten Knospen ihrer Freundin zu spielen.

Ramon träumte weiter vom alten Rom. Zwei Frauen, die sich gegenseitig sexy verwöhnten, während eine der beiden genommen wurde. Geil. Er penetrierte Sabrina weiter und beobachtete dabei, wie liebevoll die schwarzhaarige Stute an den Antennen seiner neuen Freundin spielte. Liebevoll und zärtlich wurden Sabrinas Nervenzentren verwöhnt.

»Ich möchte das auch lernen.«

Sabrina schlug die Augen auf. »Wir können uns einen Porno anschauen und üben. Eine andere Frau fickt dich nicht«, quakte sie ihn an.

»Schatz? Er will dich ärgern«, flüsterte Nancy.

»Das perverse Schwein.« Sie zwinkerte ihrer Freundin zu und griff Nancy zwischen die Beine. »Ich mag deinen Honigtopf«, flüsterte Sabrina.

Das war für Ramon zu viel. Er konnte seinen Höhepunkt nicht mehr zurückhalten. Laut stöhnend kam er und schmierte die heiße Blondine.

»Ah, er spritzt wieder so hart in meine Fotze«, schrie sie. Ihr Körper bäumte sich ein weiteres Mal auf. Der Schweiß lief ihr über die Stirn und sein Samen aus ihrer Perle. Wie ein nasser Sack fiel sie zurück auf den Boden und schnappte nach Luft.

Unter Beifall der hübschen Mädchen löste er sich aus ihrer Blume. Gemeinsam warteten sie das Gewitter ab.

***

Am frühen Abend schloss er seine Wohnungstür mit einer Hand auf, in der anderen hielt er Sabrina.

Ich bin offen für versaute Spiele

Sein harter Schwanz drückte sich gegen ihren nackten Arsch. Ihr Mann wollte eindeutig Sex.

»Schatz, bist du wach?«, flüsterte er ihr ins Ohr und knabberte an ihrer Schulter.

Kalinka grinste innerlich. Natürlich hatte sie Lust, würde sie sonst nackt schlafen? Aber sie wollte ihn noch ein bisschen zappeln lassen. Sie stöhnte leicht und tat so, als würde sie noch schlafen. Eine warme Hand streichelte über ihre sexy Backen. Dann bewegten sich seine Finger über die Innenseiten ihrer Schenkel. Gleichzeitig küsste er ihren Hals, arbeitete sich vor zu ihrem Ohr. Kalinka liebte es, wenn er sie so zärtlich verwöhnte. Liebevoll knabberte er an ihrem Ohrläppchen. Bald würde er unruhig werden und sich um ihre vollen Brüste kümmern.

Ihre Lust auf Sex wurde durch seine Berührungen noch gesteigert. Sie war schon den ganzen Tag rallig, es hatte schon am frühen Morgen begonnen. Ihr Mann hatte es mal wieder nicht nach Hause geschafft. So hatte sie sich mit ihrer besten Freundin Steffi verabredet, um shoppen zu gehen. Dabei hatten sie auch einen Sexladen besucht und heiße Wäsche anprobiert. Steffi hatte sie schräg angeschaut, als sie Kalinkas dunklen Pelz gesehen hatte. »Du trägst untenrum Natur. Habe ich lange nicht gesehen«, hatte sie erstaunt gesagt. Ja, es war auch für sie gewöhnungsbedürftig, aber sie hatte sich daran gewöhnt. Mittlerweile mochte sie ihren Schutz gern.

Ihr Mann knabberte weiterhin an ihrem Ohr. Wild stieß sein Stab gegen ihren Arsch. Es wurde Zeit. Sie schlug die Augen auf und drehte sich auf den Rücken.

Georg lag auf der Seite. Verliebt schaute er sie an und lächelte. »Hallo, mein Schatz, ich bin da.«

Bevor sie antworten konnte, drückte er seine Lippen auf ihren Mund. Sie liebte es, wenn er ihr seine Zunge dominant in den Mund schob. Sie gab ihm gern das Gefühl, dominant zu sein. Er durfte sie haben, wenn sie es wollte. Jetzt wollte sie.

Ihre Zungen spielten das Spiel der Lust. Sie führte ihre Hand an seinen harten Schwanz und wichste ihn. Wenn sie Hand anlegte, blieb sein Schwanz nie trocken. Zwar war sein Stab schon feucht, aber sie wusste um die Wirkung ihrer »Handarbeit«. Kalinka fand bei Männern immer die richtige Härte und Geschwindigkeit, mit denen sie ihnen den Rüssel rubbeln musste, damit sie steil gingen. Sie verließ sich auf ihr Gefühl und es funktionierte. Auch jetzt lief ihr schon die Feuchtigkeit über die Finger. Seine Lust war deutlich spürbar.

Georgs Hand wanderte über ihre heißen Hupen. Sie liebte ihre vollen Titten. Wie immer machte er sich gleich über ihre Knospen her. Er zwirbelte ihre Zitzen. Sie seufzte leise. Längst hatte sie Betriebstemperatur erreicht, aber seine Liebkosungen steigerten ihre Lust weiter und weiter.

»Ich will dich ficken«, hauchte er.

Wurde auch Zeit. Kalinka spreizte die Beine und zeigte ihm, was er haben konnte.

Mit seinem harten Stab kniete er sich zwischen ihre Beine und streichelte über ihren Pelz. Das tat er immer, wenn er mit ihr vögelte. »Du bist so schön«, flüsterte er.

»Meinst du mich oder meine Perle?«, fragte sie lachend.

Er beugte sich zu ihr hinunter und küsste sie sexy auf den Mund. »Du weißt doch, wie sehr ich dich liebe.«

Liebevoll drückte er seine Eichel gegen ihre Perle und schob sich zärtlich in ihren Körper. Als er tief in ihr steckte, grunzte er laut. Er bäumte sich auf und drückte seinen Leib gegen ihr Becken. Sie liebte seine Größe. Er drückte seine Säcke gegen ihren Arsch. Wenn er so ranging, dann war er überscharf.

»Schatz, wenn du willst, dass ich deine Eier streichele, dann sag es doch.«

»Ja, kraul sie.«

Sie griff zu und knetete hart seine Bälle. Wie erwartet, waren sie bis zum Rand gefüllt.

Sein Grunzen spiegelte seine Wollust. »Du machst mich so was von geil«, stöhnte er und begann sie zu vögeln.

Es war ein Traum. Wenn er sie mit seinem harten Rohr lüftete, kam sie immer schnell. Als er besonders tief in ihr steckte, stöhnte sie laut auf. »Fick mich«, schrie sie und erlebte einen gigantischen Höhepunkt.

Wie die Sonne, die den Sand erwärmt, so wärmte ihr Orgasmus ihre schon erhitzte Blume noch weiter.

»Ich liebe es, wenn du kommst«, schnaufte er und bumste sie mit Kraft weiter.

Seine Hand streichelte über ihre intimen Haare. »Ich liebe dich«, seufzte er und kam. Mit einem Urschrei verströmte er seine Lust in ihrem Körper. Er strahlte sie an, als sein Samen aus ihr quoll und ihren Pelz benetzte.

Einige Augenblicke später kuschelte sie sich zufrieden in seine Arme und schlief kurz darauf ein.

***

Als sie am nächsten Morgen aufwachte, war sie allein. Wie so oft. Sie blieb noch einige Minuten liegen, dann stand sie auf.

Es war warm. Nein, es war heiß. Kalinka schaltete das Radio an.

»Wir kommen jetzt zum Wetterbericht. Auch an diesem Tag erwarten wir Spitzenwerte von achtunddreißig Grad. Wir raten dazu, nicht in die Sonne zu gehen, viel zu trinken und sich wenig zu bewegen.«

Kalinka schaltete das Radio aus. Sie war froh, dass sie nicht aus dem Haus musste. Durch das Fenster sah sie das hellblaue Wasser des Pools. Nackt trat sie auf die Terrasse und spannte die Sonnenschirme auf. Die Sonne brannte ihr jetzt schon auf der Haut, dabei war es erst kurz nach neun Uhr in der Früh.

Als sie wieder in der Küche war, rief Steffi an. »Schatz, schon wach?«, begrüßte sie ihre Freundin.

»Das sollte ich wohl lieber dich fragen«, meinte Steffi lachend.

»Es ist so warm«, stöhnte Kalinka.

»Stimmt, es ist schlimm. Im Supermarkt gab es schon kein Wasser mehr. Die Leute kaufen im Moment wie verrückt. Ich habe auch keinen Orangensaft mehr bekommen.«

»Weißt du was? Komm doch vorbei. Mein Mann war letzte Nacht mal zu Hause, bestimmt hat er tolle Sachen aus dem Restaurant mitgebracht. Warte mal, ich schaue in den Kühlschrank.«

Sie legte das Handy zur Seite und öffnete den riesigen Designerkühlschrank. Wie sie es vermutet hatte, befanden sich allerlei leckere Sachen darin.

Grinsend griff sie zum Telefon. »Schatz? Noch da?«

»Na klar, wie kann ich für meine Lieblingsfreundin nicht da sein«, meinte Steffi lachend.

»Gut, zieh dich an und komm vorbei. Ich habe alles hier, was wir brauchen.«

»Klasse, ich mach mich auf den Weg.«

Steffi war ihre absolute Lieblingsfreundin. Seit mehr als zehn Jahren waren sie befreundet und teilten alles miteinander. Es hatte eine Zeit gegeben, in der sie sich sogar die Männer geteilt hatten und miteinander ins Bett gegangen waren. So liebevoll ihr Mann auch war, es ging nichts über eine zärtliche Frauenzunge.

***

Eine halbe Stunde später klingelte Steffi an ihrer Tür. Die zwei Frauen fielen sich in die Arme. Steffi trug einen sexy engen Jumpsuit, der knapp über ihren Arsch reichte. Darunter war sie nackt oder trug zumindest keinen BH. Ihre heißen Zitzen drückten sich durch den weißen Stoff.

»Du trägst keinen BH«, stellte Kalinka fest.

Ihre Freundin grinste. »Hallo? Du bist komplett nackt.«

Sie hatte recht. Kalinka hielt es nicht für nötig, sich etwas anzuziehen. Es war heiß und sie allein, warum also sollte sie ihren sexy Körper bedecken?

Sie gingen in die Küche. Kalinka schaute Steffi dabei zu, wie sie sich auszog. Einen Augenblick später stand sie nur in einem winzigen String da. Der Körper ihrer Freundin war ein Traum. Mit ihren kurzen blonden Haaren, dem hübschen Gesicht und ihrem schlanken sexy Körper war sie ein Traumweib, wie Kalinka ihre beste Freundin gern nannte. Jetzt fiel auch noch ihr String. Die Blondine war rasiert. Ein wenig neidisch war sie schon auf Steffis sexy Körper.

»Wollen wir spielen?«, hauchte Steffi, als sie die Blicke ihrer Freundin sah.

»Nein, ist zu warm. Lass uns nach draußen gehen. Wir sonnen uns und genießen die Wärme im kühleren Schatten.«

»Stimmt. Euer Pool ist ein Traum.«

Das Duo begab sich auf die Terrasse und legte sich auf zwei der Liegen, die wenig benutzt wurden.

»Was ist mit deinem Mann?«, fragte ihre Freundin.

»Was soll mit ihm sein? Er lebt in seinem Restaurant. Wenn er mal zu Hause ist, dann haben wir kurz Sex und er ist wieder verschwunden«, seufzte Kalinka.

Kalinka schaute durch ihre Sonnenbrille zum Haus des Nachbarn. Drei. Zwei. Eins. Sie zählte runter und schon erschien Bernd auf seinem Balkon. Er grinste herüber und winkte. Das war so klar. Der alte Bock hatte mit Sicherheit vor dem Fenster schon gelauert. Eine enge Badehose bedeckte seine Lenden. Der geile Bock war scharf auf sie, das wusste sie schon lange. Schon bei ihrem Einzug hatte er das Gespräch gesucht und ihr dabei lüstern auf die Titten geschaut. Bernd war schon über sechzig, sah aber sehr gut aus. Kalinka hatte schon einige Male überlegt, ob sie mit ihm ins Bett gehen sollte. Ja, er war sexy. Er hatte graues Haar, was Kalinka sehr erregte. Sie hatte eine Schwäche für ältere Männer.

Breitbeinig stand Bernd vor seinem Geländer und schaute zu den zwei Mädels. Kalinka winkte ihm zu und spreizte die Beine.

»Schatz, steht der auf dich?«, fragte Steffi.

»Ja.«

»Sehe ich. Er ist hart im Schritt. Hast du schon mit ihm gebumst?«

Steffi und Kalinka pflegten einen offenen und direkten Austausch. Zwar spielte sie für ihren Mann gern die liebende und treue Hausfrau, doch von Monogamie hielt sie wenig. Das Leben war zu kurz, um sich nur einem Mann zu verschreiben. Vielleicht entsprach ihre Einstellung nicht der gesellschaftlichen Norm, aber was entsprach schon einer Norm, die jeder anders auslegte.

»Nein, ich lasse ihn schmoren.«

»Du süßes Luder. Ich will ihn auch geil machen.« Steffi griff zur Sonnencreme, setzte sich auf und cremte sich ein. Dabei spreizte sie sexy die Beine und zeigte ihm ihre blitzblank rasierte Perle.

»Machst du ihn an?«, fragte Kalinka grinsend.

»Klar, er ist mir persönlich zwar etwas zu alt, aber das macht nichts. Ist ja mehr was für dich. Du magst doch ältere Schwänze. Ist das immer noch so?«

»Ja, mein Mann ist ja auch zehn Jahre älter. Ich mag Schwänze, die etwas reifer sind. Die Riemen sind fleischiger und vor allem dicker.«

Einige Minuten schaute sie ihrer Freundin zu. Die Hitze wurde immer unerträglicher. Die zwei Frauen schwitzten sehr.

»Ich gehe mal in die Küche und mache uns zwei kühle Drinks.«

»Ja, das ist eine gute Idee. Die Blicke des geilen Bocks machen mich ganz schön nass.«

Kalinka ging ins Haus. Ein perfekter Tag. Sie liebte die Wärme. Sich völlig nackt zu bewegen, fand sie toll. Sie holte Limonade aus dem Kühlschrank, füllte zwei Gläser damit und begab sich wieder zu ihrer Freundin.

Bernd stand immer noch auf dem Balkon. Stehend spreizte sie die Beine und zeigte ihm ihren dunklen Pelz. Er kannte sie so schon. Für sie war es in den ersten Wochen ungewohnt und schwierig gewesen, ihr Schamhaar wachsen zu lassen. Aber ihr Mann hatte es sich gewünscht und sie war seiner Bitte gefolgt. Mittlerweile hatte sie sich daran gewöhnt und es gefiel ihr sogar. Sie kannte wenige Frauen, die sich unten so schützten, aber dafür standen die Männer auf ihren Pelz. Manchmal besuchte sie im Sommer den nahen Badesee und zeigte sich untenrum nackt. Viele Typen bekamen dann Stielaugen und einen Augenblick später eine harte Latte. Was sie nur aus Liebe zu ihrem Mann begonnen hatte, wurde zu einem Glücksfall. Wenn man kein Gesprächsthema hatte, sprach man über ihren Urwald. Auch Bernd stand mit Sicherheit auf ihren Pelz.

Bernd hatte inzwischen seine Badehose ausgezogen und wichste seinen Schwanz.

Eine sündige Idee schoss Kalinka durch den Kopf. Sie reichte die Gläser an ihre Freundin weiter. »Warte mal«, sagte sie dreckig lachend und ging ins Haus.

Kurz darauf gesellte sie sich mit Stift und Papier wieder zu ihrer Freundin.

»Was hast du vor?«, fragte Steffi.

»Warte mal.« Kalinka schrieb in großen Buchstaben auf das Papier. Dann hielt sie das Blatt in die Höhe.

Steffi lachte laut los. »Kalinka, du kannst doch nicht einfach schreiben ›Wichs für uns‹?«

»Klar, er wird drauf stehen.«

»Boah, mir ist das zu heiß.« Mit einem Kopfsprung sprang Steffi in das hellblau schimmernde Wasser.

Auch die Hausherrin wollte sich abkühlen. Die Hitze und Bernds Schwanz geilten sie auf.

Bald schwammen die zwei Frauen in dem lauwarmen Wasser. Immer wieder schaute Kalinka zu Bernd. Ein wenig schmutzig fand sie sein Verhalten schon, auf der anderen Seite konnte er sich zeigen. Leider konnte sie seinen Stab auf die Entfernung nicht ganz genau erkennen. Dennoch erregte sie seine offene Lust.

***

Am Mittag machten sich die Freundinnen auf der Terrasse über das Essen her, das ihr Mann mitgebracht hatte. Im Schneidersitz saßen sie sich gegenüber.

Kalinka schaute ihrer Freundin gern zwischen die Beine. »Du hast eine schöne Muschi«, flüsterte sie.

Da hörten sie die Stimme ihres Nachbarn. »Huhu, kann ich mir was zu essen schnorren?«

Kalinka rollte leicht mit den Augen, aber sie war eine nette Nachbarin. Schnell warf sie sich ein großes Tuch über den Körper und begab sich mit einem Teller voller Essen zum Zaun, der die zwei Grundstücke trennte. Sie spürte seine lüsternen Blicke. Scheiße, ihre Nippel wurden hart und drückten sich durch den dünnen Stoff.

»Na, Bernd. Schön gewichst?«, fragte sie grinsend.

»Du weißt doch, ich mag dich und für eine Hure habe ich nicht genug Kohle«, stöhnte er.

»Ist schon gut. Wenn ich dich geil mache, dann ist es halt so. Hier ist das Essen.« Sie reichte ihm den Teller und schaute über den Zaun. Er hatte eine harte Latte. »Hast du nicht eben erst gewichst?«

»Ja, ich werde dann mal essen.« Schon drehte er ihr den Rücken zu und ließ sie stehen.

Kalinka schüttelte nur den Kopf und gesellte sich wieder zu ihrer Freundin.

»Hat er sich gefreut?«, fragte ihre Freundin.

»Beide haben sich gefreut. Ob über mich oder das Essen, kann ich nicht sagen.«

Wieder lachten die Frauen. Es war klar, dass er geil auf sie war. Bisher hatte es sie nicht gestört, jetzt erregte es sie. Ihre Lust war geweckt.

Den ganzen Nachmittag beschäftigte sie ihr Nachbar. Von ihrer Liege konnte sie sehen, wie sich die Gardinen hinter seinen Fenstern bewegten. Er beobachtete sie und es geilte sie auf.

***

Am frühen Abend verabschiedete sich Steffi. Kalinka machte es sich mit einem Glas Wein auf ihrer Couch gemütlich. Die Hitze war immer noch extrem und die Nacht versprach kaum Abkühlung.

Als sie wieder zur Terrasse schaute, war es schon dunkel. Jetzt zahlte sich die Poolbeleuchtung aus. Die Hitze, das Wasser, die Beleuchtung und einzelne Sternschnuppen, die über den sternenklaren Himmel sausten, entfachten eine Wohlfühlatmosphäre. Sie entschied sich für ein Nacktbad.

Sie war immer noch nackt. So stieg sie direkt ins Wasser und genoss die Stille der Nacht. Ein leichtes Rauschen drang an ihr Ohr. Es kam aus dem großen Rhododendronbusch, der von ihrem Grundstück in Bernds Garten wucherte. Es knackte. Sie tat so, als hätte sie nichts gehört. Nackt und mit geschlossenen Augen wartete sie auf das nächste Geräusch. Kurz darauf kam ein leichtes Stöhnen dazu.

Sie wartete noch einen Augenblick, dann sagte sie: »Bernd, jetzt komm aus dem Busch raus. Die Mücken stechen dich doch total kaputt.« Schon einige Male hatte sie ihn beobachtet, wie er in dem großen Strauch steckte und sich wichste. Auch das störte sie nicht. Sollte er doch wichsen, wenn er sie geil fand.

»Ich weiß nicht. Ist nicht so passend«, meinte er.

»Stell dich nicht so an. Ich weiß doch, du hast eine harte Latte. Jetzt komm schon raus.«

Er schnaufte und trat an den Beckenrand.

Immer noch hatte sie die Augen geschlossen. Warum sollte sie sie auch öffnen? Sie hatte schon so manchen harten Rüssel gesehen. »Länge?«, fragte sie kurz und knapp.

»Siebenundzwanzig Zentimeter.«

Sie riss die Augen auf und schaute auf seinen Stab. Er war groß und fleischig. Schön. Wieder spürte sie dieses heftige Kribbeln in ihrem Körper.

Kalinka stieg aus dem Wasser. Bernd schaute auf ihren Pelz, was ihre Lust weiter steigerte. Ihr Nachbar hatte einen leichten Bauch und war unten total rasiert. Er tropfte. Geiler Bock. Sie trocknete sich ab. Er konnte seinen Blick nicht von ihren Haaren lassen und damit meinte sie nicht ihre Haare, die sie auf dem Kopf trug.

»Ich möchte dich rasieren«, seufzte er.

Sie schluckte und schaute ihn an. »Was willst du?«

»Na, wir können dir eine schöne Frisur machen. Alles etwas stutzen und dann schön mit Feuchtigkeitscreme benetzen. Nein, ich weiß was Besseres. Du bekommst einen schönen Irokesenschnitt. Ein dünner Streifen«, jubelte er. Während er von seinem Plan erzählte, zuckte sein Rohr wie verrückt.

Noch nie hatte ein Mann sie rasiert. Eine Frau schon und sie sich selbst auch, aber ein Mann? Geil war der Gedanke schon. »Wie willst du es mir machen?«, fragte sie. Sie sah Gier in seinen Augen. Was er wollte, war schon speziell, aber auch geil. Sie griff nach seinem Rüssel. Eine Gurke war der passende Vergleich zu seiner Stange.

Er seufzte. »Ich will dich ficken, du machst mich geil.«

Wenigstens war er ehrlich. Sie entließ seinen Stab. »Wir werden sehen.«

Der Gedanke an einen geilen Bock, der sie rasierte und sich an ihrem Körper aufgeilte, war aufregend. Sie führte ihn in ihr Badezimmer. Schnell hatten sie alle Utensilien zusammen und gingen ins Wohnzimmer.

»Wo hast du Handtücher?«, fragte er maßlos erregt.

»Hier.« Sie reichte ihm eins ihrer Badehandtücher, die sie mit Steffi benutzt hatte. Er legte das Tuch über den Stuhl.

»Stell dich über den Stuhl, dann senkst du dein Becken, so kann ich deine Fotze besser sehen.«

Bernd sprach so billig von ihr, dass es schon wieder geil war. Schutzlos sollte sie sich ihm zeigen. Eine obszöne Bitte, aber so aufregend.

Sie folgte seiner Anweisung. Sie fühlte sich wie eine nackte Nutte, die an der Stange tanzte und die Freier geil machen sollte, indem sie ihre Möse zeigte. Kalinka sah Bernds Gier auf ihren Körper deutlich an seinem harten Schwanz, aber sie spürte sie auch.

Er kniete sich vor sie und starrte auf ihre Perle. Sein Gesicht war vielleicht fünfzehn Zentimeter von ihrer Blume entfernt. »Du bist nass, wollte ich nur mal so anmerken.«

Sie lachte dreckig. »Bernd, dein trockener Humor ist lustig. Gern erkläre ich es dir. Ich knie hier über einem Stuhl und strecke einem nackten Mann, der eine harte Latte hat und mich unbedingt bumsen will, meine Muschi entgegen. In dieser Situation nehme ich mir das Recht, geil zu sein.«

Weiter kam sie nicht. Er strich mit seinen Fingerspitzen über ihre Perle.

»Bin ich schon offen?«, fragte sie leise stöhnend.

»So kann ich das gar nicht genau sagen. Da muss ich näher ran und weiterfühlen.« Er steckte ihr einen Finger tief rein. Eine Sekunde später spürte sie seinen Atem an ihrer intimen Öffnung.

Sie kam. Ihr Körper zitterte. Wie ein Wolf jaulte sie laut auf und ließ ihrer Befriedigung freien Lauf. Millionen von Endorphinen rasten durch ihren Körper. Wie ein Gewitter, das die Schwüle des Tages vertrieb, entlud sich die Erregung des Tages auf diese frivole Weise.

»Bist du schon gekommen?«, fragte er grinsend und begann, sie mit dem Finger zu bumsen.

»Nein, mir war nur warm. Natürlich bin ich gekommen«, meinte sie trocken.

Ein breites Lächeln legte sich über sein Gesicht. Grinsend verteilte er Rasierschaum auf seinen Fingern und benetzte ihren Wald. Bernd war total zärtlich und wieder fühlte sie den Spannungsbogen der Lust in sich.

Wenige Sekunden später hielt er den Nassrasierer in Händen und setzte an. Als sie die scharfen Klingen an ihrem Unterleib spürte, stöhnte sie. Eine Mischung aus Lust und Angst erfüllte ihre Gedanken. Sie war ihm ausgeliefert.

Langsam strich die Klinge über ihre Haut. Ihr Bauch begann zu zittern.

»Ruhig, es ist alles gut. Ich bin vorsichtig.«

Die Mischung aus heißer Lust, dem Ausgeliefertsein und ihrer obszönen Körperhaltung geilte sie maßlos auf. Dazu kam noch die kalte und gefährliche Klinge, die sie an ihrer Haut spürte. Während sich Bernd langsam und besonnen an ihr zu schaffen machte, wurde sie immer geiler. Dabei wedelte er mit seinem dicken Schwanz vor ihrem Körper herum. Vor Lust biss sie sich schon auf die Lippe. Sie gierte danach, es mit ihm zu machen. Seinen Stab zu fühlen, ihn zu befriedigen.

»Gleich bin ich fertig. Wir müssen deinen Irokesenschnitt dann nur noch stutzen.«

»Nein, ich will gefickt werden. Bitte von hinten. Jetzt«, seufzte sie.

Bernd stand auf, sein Schwanz wippte und Kalinka drehte vor Lust durch. Sie brannte lichterloh. Kurz darauf stand er hinter ihr und sie spürte seinen Stab an ihrem Arsch. Immer noch stand sie breitbeinig und leicht gebeugt über dem Stuhl.

»Das ist genau die richtige Position, um es dir zu besorgen. Stundenlang habe ich in den vergangenen Tagen am Fenster geklebt und mich an dir aufgegeilt. Meinst du nicht, ich habe gesehen, wie du dich gerekelt hast? Ich kenne auch den Grund. Du wolltest mich nur aufgeilen. Es ist dir gelungen, aber jetzt nehme ich Rache.« Bevor sie reagieren konnte, legte er seine Hand um ihren Hals und drückte ihren Kopf leicht nach unten. »Verneige dich vor mir, deinem König«, flüsterte er und setzte seinen Schwanz an.

Jetzt schon wusste sie, dass er sie komplett ausfüllen würde. Er schob sich in ihr Fleisch. Sein Rohr war so dick und hart, dass sie gedehnt wurde. Sein Eindringen fühlte sich an, als würde er einen zu großen Torpedo in ihr Abschussrohr schieben. Sie stöhnte, schrie und seufzte.

»Du bist riesig«, schrie sie.

Er schob ihr einen Finger in den Mund. »Saug, meine Schlampe«, hauchte er ihr ins Ohr.

Er demütigte sie und es fühlte sich gut an. Wie befohlen, saugte sie an seinem Finger.

Langsam bewegte er sich in ihr. Mit der freien Hand streichelte er ihre rasierte Scham. Es fühlte sich aufregend an. Ihre Lust kochte und explodierte bereits Sekunden später. Der nächste Höhepunkt schüttelte sie durch. Ihre Spalte legte sich um seinen extrem dicken Stab.

»Du willst mich melken? Vergiss es.« Er zog sich aus ihr zurück und kniete sich wieder vor sie. Hemmungslos schaute er ihr auf die Möse.

Sie spürte, dass sie auslief. Kalinka konnte es nicht fassen. Er hätte in ihr kommen können und wollte es nicht. Sein Blick erregte sie sehr. Mit der Fingerspitze berührte er ihre vollgeschleimten intimen Lippen. Ihr Unterleib zuckte. Als würde ein glühendes Schwert in ihren Körper gerammt werden, spürte sie den nächsten Gipfel der Lust ihren Körper überfluten. Wild stöhnte sie auf. »Du machst mich fertig«, stöhnte sie.

»Wir können später darüber sprechen. Jetzt schön stillhalten. Ich schneide deine Haare mit der Schere auf die richtige Länge.« Schon drückte er den lauwarmen Stahl auf ihre Perle.

Sie musste ihm vertrauen, ein aufregendes Gefühl. Mit geschlossenen Augen hörte sie den ersten Schnitt. Schon wieder war sie geil. Bernd steckte voller Überraschungen. So geil war sie noch nie gewesen. Er ließ sich Zeit, was sie kaum ertragen konnte. Immer wieder setzte er die Schere an und schnitt dann doch nicht.

»So, ich bin fertig«, sagte er schließlich.

»Meine Güte, ich wäre fast schon wieder gekommen«, stöhnte sie.

»Bitte beweg dich nicht. Du hast genau die richtige Position.«

Endlich würde er sie bumsen. Doch stattdessen fragte er: »Hast du einen Zollstock hier?«

»Was soll ich haben?«, fragte sie, langsam wütend werdend.

»Einen Zollstock.«

»Bernd, es ist ja okay, wenn du mich rasierst und ich dich damit geil mache. Dass ich hier so nuttig stehen soll, ist auch noch okay. Aber jetzt reicht es mir. Was willst du mit einem Zollstock?«, fragte sie wütend.

»Wo?«, fragte er erneut.

»In der Küche, obere Schublade«, sagte sie seufzend.

Er eilte in die Küche und kehrte kurz darauf mit einem breiten Lächeln zurück. »So, jetzt messen wir die Länge deiner Haare«, erklärte er.

»Du spinnst doch«, rief sie aus.

Weiter kam sie nicht. Die kalte Metallspitze, die am Ende des Längenmaßes angebracht war, berührte ihre fast kahl geschorene Möse. Ein neuer Impuls für ihren aufgegeilten Körper. Er machte sich einen Spaß daraus und ließ sie zappeln. An mehreren Stellen maß er die Länge ihrer Schamhaare.

Kalinka verglühte fast. Immer noch hatte sie die Augen geschlossen. Wenn sie zugesehen hätte, wäre sie sofort gekommen. Was war das? Sie zuckte erneut zusammen, als sie etwas Steifes und Hartes in sich spürte. Er steckte etwas in sie hinein.

Die hübsche Frau riss die Augen auf. »Bernd, es reicht. Mich fickt kein Zollstock. Du ziehst das Teil sofort aus meiner Blume, sonst fliegst du raus.« Sie konnte es nicht glauben. Ein Zollstock bumste sie. Unglaublich.

Er tat, was sie wollte.

Sie schaute auf seinen immer noch harten Schwanz. »Fick mich endlich und nicht nur antäuschen«, hauchte sie.

Wieder spürte sie seinen Atem in ihrem Nacken. Ihre Nippel waren von einer Gänsehaut überzogen. »Ich knie hier, als würde ich auf einem Pferd sitzen. Nuttig und obszön«, stöhnte sie.

»Gewöhn dich dran, es ist meine Lieblingsfickposition.«

Wie aus dem Nichts steckte er ihr seinen Muskel rein. Was er zuvor zu wenig getan hatte, holte er jetzt nach. Mit den

Händen auf ihren Hüften bumste er sie hart und schnell. Bernd gab das Tempo vor und bestimmte genau ihre Position. Wenn sie sich aufrichten wollte, zog er ihren Arsch zu sich. Wenn sie sich weiter nach vorn beugen sollte, drückte er sie hinunter.

»Du fickst mich ganz schön hart«, stöhnte sie.

»Findest du? In Gedanken bumse ich dich schon seit Monaten. Ich wusste sofort, dass ich dich früher oder später haben werde. Wenn ich komme, dann wirst du dich bei mir bedanken. Wenn du es nicht tust, werde ich dich mit der Spitze der Schere bumsen.«

Er drohte ihr, was ihr einen zusätzlichen Kick gab. Schon überkam sie der nächste Höhepunkt und ihr aufgeheizter Körper entlud sich erneut. Sie schrie wie am Spieß. Meine Güte, sie war fertig. Doch er gönnte ihr keine Ruhe und fickte ihr Fleisch hart.

Sein Pinsel zuckte wie eine Pistole. »Jetzt erfülle ich mir meinen Traum«, brüllte er. Als würde sie ein Baseballschläger ficken, rammte er ihr seinen dicken fetten Schwanz so tief rein, dass sie das Gefühl hatte, in Stücke gerissen zu werden, und knallte ihr seine Sahne in die Möse. Der Schweiß der Anstrengung lief über ihre Körper. Während er pulsierte, vögelte er sie weiter. Seine dicken Eier klatschten gegen ihren Unterleib. Was für ein Mann. Er hatte alles gegeben, was er hatte.

Kalinka brauchte einige Minuten, sich zu beruhigen.

Als sie wieder zu sich kam, lag seine Hand genau unter ihrer Perle.

»Was machst du da?«, fragte sie.

»Ich hab mir mal kurz dein Handy geholt und will schauen, wie dein Irokesenschnitt mit meinem Rasierschaum aussieht.«

»Bernd, du bist ein versautes Schwein. Aber mach bitte ein paar Fotos.«

Er lachte dreckig. »Wer von uns ist wohl versauter?«

Das Duo kühlte sich im lauwarmen Wasser des Pools ab. Dann verabschiedete sich Bernd mit einem Griff an ihre Möse.

***

Am nächsten Tag schickte sie ein Bild an Steffi. Meine rasierte Blume mit Bernds Schaum, schrieb sie unter das Bild.

NACKTFOTOS BEIM HEISSEN FOTOGRAFEN

»Henry? Stellst du dich bitte etwas weiter nach rechts? Dann habe ich das perfekte Licht für die Kette.«

Sofort folgte er Barbara Schels Anweisung. Seit einer Woche machte er ein Schülerpraktikum bei der Fotografin. Er war seit jeher von der Macht der Linse beeindruckt. Sein Vater hatte ihm zum sechsten Geburtstag eine Kamera geschenkt, die er mit neunzehn immer noch hatte und die auch jetzt noch tolle Fotos machte. Auch wenn die Technik, die er nutzte, schon veraltet war, liebte er seine Kamera.

Das Praktikum war ein Traum. Es war noch viel schöner, als er es sich vorgestellt hatte. Barbara war eine fantastische Chefin. Er saugte ihre Worte und ihre Bewegungen regelrecht auf. Jeden Abend schrieb er in sein Praktikumstagebuch, das er als Hausaufgabe bekommen hatte. Henry wollte unbedingt Fotograf werden. Um einen Ausbildungsplatz zu bekommen, brauchte er einen guten Abschluss. Schon in der ersten Woche hatte er viel gelernt.

An diesem Samstag fotografierten sie für einen weltweit agierenden Modekonzern Schmuck. Wenn er darüber nachdachte, dass die Bilder überall auf der Welt gezeigt werden würden, drehte er durch. Ein Traum.

»Wir haben alles im Kasten. Danke, Mädels. Henry? Willst du dir noch die Bilder mit mir ansehen?«, fragte seine Chefin.

Was für eine Frage? Er wäre ja total bescheuert, wenn er Nein sagte. Unglaublich, dass sie erst fragte. »Natürlich.«

Barbara lächelte und nickte.

Bis spät in der Nacht saßen sie vor ihrem Rechner und schauten sich die Bilder an.

***

Die zweite Woche war nicht minder spannend. Am Freitag stand das Abschlussgespräch mit Barbara an.

Kurz vor siebzehn Uhr steckte sie den Kopf durch die Tür. »Henry, kommst du?«

Er fühlte sich wie ein Schuljunge, der sein Zeugnis bekam.

Sie lächelte ihn an. »Nimm doch bitte Platz.«

Jetzt war der entscheidende Augenblick gekommen. Henry hoffte auf ein Empfehlungsschreiben, mit dem er sich bewerben konnte.

Einige Augenblicke schaute sie ihn an. »Was soll ich sagen? Du passt perfekt zu mir. Ich möchte dir gern einen Ausbildungsplatz bei mir anbieten. Hier ist die Zusage für den Ausbildungsplatz und hier ein weiteres Schreiben, in dem ich deine Leistung beschreibe.«

Er grinste über das ganze Gesicht. Ein Traum wurde wahr. Damit wäre er der King in der Schule. Zwar war er in seiner Klasse beliebt, aber es gab auch einige Klassenkameraden und Klassenkameradinnen, die ihn nicht besonders mochten. Mit dem Ausbildungsplatz in Händen wäre seine Stellung eine ganz andere. Ein schöner Schlusspunkt für zwei aufregende Wochen.

***

Der Montag der neuen Woche begann für Henry mit einem Lächeln. Sein Ausbildungstagebuch war fertig. Zudem hatte er am Wochenende noch mit Barbara geschrieben. Sie hielt den Kontakt zu ihm. Alles war so was von schön.

Total entspannt und zufrieden betrat er das Schulgebäude. Insgesamt dreiundzwanzig Schüler und Schülerinnen waren in seiner Klasse. Es war Mitte September und noch ungewöhnlich warm. Die Mädels trugen durchweg kurze und sexy Kleidung.

Sie zeigten ihre Reize, denen sich auch der neunzehnjährige Schüler nicht entziehen konnte.

Besonders eine Schülerin hatte es ihm angetan. Jasmin Ruhls. Sie war mit ihren kurzen Haaren, einer sehr erotischen Stimme und einem perfekten Body eine Traumfrau. Auch Angelo Farre hatte ein Auge auf die hübsche Schülerin geworfen. Henry konnte den Halbitaliener, der sich selbst als heißen Hengst bezeichnete, nicht ausstehen. Eine Packung Waschpulver war erotischer als die Schmalzlocke, wie er Angelo getauft hatte. Mit seinen vollen schwarzen Haaren, die durch Unmengen von Gel glänzten, und seinem italienischen Akzent schleimte er bei den Mädels ohne Ende. Leider hatte er damit Erfolg.

An diesem Tag legte er es mal wieder richtig darauf an. Er schenkte Jasmin eine rote Rose, was sie über das ganze Gesicht strahlen ließ. Was der heiße Hengst wollte, war so was von klar. Er wollte sie ins Bett bekommen. Unter seiner engen schwarzen Lederhose zeichnete sich deutlich sein Schwanz ab, was an sich kein Problem für Henry war. Doch der Stab der Schmalzlocke war ziemlich groß und er kokettierte offensichtlich mit seiner Größe.

»Wollen wir nachher ein Eis essen gehen?«, fragte Angelo Jasmin vor der gesamten Klasse.

Henry schäumte vor Wut. »Sag doch gleich, was du denkst. Jasmin, ich will dich ficken. Wollen wir es gleich machen?«, eröffnete Henry die Auseinandersetzung mit seinem Klassenkameraden.

Dieser drehte sich zu ihm um. »Unser Fotograf. Konntest du einige weibliche Körperteile sehen? Frauen sind weiblich. Oh, wusste ich gar nicht.«

Henry war außer sich. Es fehlte nicht viel und die Situation wäre eskaliert. Zum Glück läutete die Schulglocke die erste Stunde und damit auch das Ende der Auseinandersetzung ein.

Ihr Klassenlehrer Ulrich Holz betrat die Klasse. Jeder Schüler und jede Schülerin berichtete von den zwei Wochen Praktikum. So auch Jasmin. Henry schaute sie an. Ihr Körper war der Hammer. Sie trug ein eng anliegendes pinkfarbenes, ärmelloses Kleid, das ihre Schenkel nur bis zu den Knien bedeckte. Zwei geile Berge zeichneten sich unter dem Stoff ab. Unter den Armen war sie rasiert, war sie das auch untenrum? Jasmin schlug die Beine übereinander. Für den Hauch einer Sekunde sah er etwas Weißes unter ihrem Kleid aufblitzen. Sofort zeigte sein Körper eine entsprechende Reaktion. Sein Prügel wuchs zur vollen Größe. Kurz schaute sie ihn an und lächelte. Ihr Blick war so was von erotisch. Mit ihren mandelförmigen Augen hatte sie voll den Schlafzimmerblick drauf. Aber nicht nur ihr Körper, auch ihre Persönlichkeit war ein Traum. Ehrlich, offen, freundlich, sympathisch und so sexy waren nur einige Attribute, die sie beschrieben.

Als er an der Reihe war, erzählte er ausführlich von seinen Erfahrungen im Fotostudio. Zum Schluss präsentierte er seine Ausbildungsplatzzusage. Die Klasse staunte und Henry wuchs um mindestens einen Meter. Keiner seiner Klassenkameraden konnte eine solche Zusage vorzeigen. Der Schultag lief wie geschmiert.

***

Nach der Schule gönnte er sich einen Nachmittag im großen Stadtpark, der als grüne Lunge der Stadt galt. Der Rasen war frisch gemäht und es roch wundervoll nach Gras. In kurzer Hose und Shirt genoss er die Nachmittagssonne auf einer Decke. Wie immer, wenn er Zeit hatte, studierte er die neuesten Fotografiemagazine.

Als er kurz aufblickte, erblickte er auf einem der vielen Sandwege, die durch den Park führten, Jasmin und Angelo. Sie hatten offenbar die gleiche Idee gehabt wie er. Wie immer sah Jasmin wunderschön aus. Hellgrüne Leggins bedeckten ihre sexy Beine. Ihr Arsch war ein Traum. Prall, fleischig und so schön stramm. Ihre Brüste wurden von einem gelben Shirt bedeckt, das sie über dem Bauchnabel zusammengeknotet hatte. Sie schaute zu ihm herüber und winkte. Angelo übersah ihn bewusst. Er präsentierte seinen Körper in einem weißen Hemd, welches sein volles schwarzes Brusthaar betonte, einer weißen kurzen Hose und weißen Turnschuhen. Wie ein Pfau, der auf Brautschau war. Henry grinste bei dem Gedanken.

Mit einem Picknickkorb machten es sich die beiden etwa zwanzig Meter von Henry entfernt bequem. Jasmin zog ihr Shirt aus. Ein sexy weißer BH bedeckte ihre vollen Brüste. Nun zeigte sie ihm ihre heiße Kehrseite und zog die Leggins aus. Ein winziger weißer String klebte in ihrer Ritze. Er konnte Angelo verstehen. Jasmin wollte jeder haben. Sie zeigte sich sehr erotisch und cremte sich mit sexy Bewegungen ein.

Henry setzte seine Sonnenbrille auf. Sie sollte nicht sehen, wie er sie anstarrte. Zum Glück lag er auf dem Bauch und konnte seine Lust verstecken.

Angelo gab alles und flirtete sie hemmungslos an. Wie er sie anstarrte, fand ihr heimlicher Beobachter mehr als gruselig. Jasmin schien es nicht zu stören. Hatte er einen harten Schwanz? So sah es zumindest aus. Boah, jetzt fütterte er sie auch noch mit Weintrauben. Gruselig.

Nein, diese Balzshow wollte er sich nicht mehr ansehen. Kurz entschlossen packte er seine Sachen und fuhr nach Hause.

Den ganzen Abend dachte er an den Körper seiner Klassenkameradin. Alles an ihr war schön. Bestimmt lag sie schon in Angelos Armen oder lutschte seinen Schwanz. Ekelhaft. Einfach nur ekelhaft. Sie würde viel besser zu ihm passen, aber wie sollte er ihr das klarmachen? Bestimmt war sie schon im Liebesnetz der Spinne gefangen. Es ärgerte ihn sehr. Er war viel besser als die Schmalzlocke. Doch er konnte im Augenblick nichts machen. So ging er früh ins Bett.

***

Der nächste Schultag begann wie immer. Nichts Aufregendes, außer Jasmins Kleidung, die ihren Körper mal wieder in Szene setzte. Ein kurzer weißer Rock und eine blaue Bluse bedeckten ihren sexy Körper. Er dachte an den gestrigen Nachmittag, als sie sich so herrlich gezeigt hatte. Hatte sie mit Angelo geschlafen? Bei dem Körperbau und ihrer freizügigen Art ging er davon aus. Bestimmt hatte sie es ihm wunderschön besorgt. Wieder drehten sich seine Gedanken nur um seine Mitschülerin.

Angelo gab alles und hob sie auf ein Podest. *Jasmin, was meinst du? Jasmin, wie könnte man das formulieren? Jasmin, deine Haare sitzen heute wieder so was von perfekt.* Henry hätte kotzen können. Die heiße Frau sprang aber total darauf an. Es war, als hätte Angelo einen Köder ausgelegt und hätte sie am Haken.

In der Pause holte sich Henry ein leckeres Backfischbrötchen in der Cafeteria.

Jasmin fing ihn ab. »Henry, kann ich dich mal kurz sprechen?« Wie sie die Worte aussprach, war Sünde pur. Ihre Tonlage war so was von erotisch. Mit Sex im Blick schaute sie ihn an, so interpretierte er zumindest ihre Blicke.

»Natürlich. Was ist los?«, fragte er neugierig.

»Du hast doch das Praktikum als Fotograf gemacht. Ich möchte Fotos für Angelo machen. Fotos mit ganz wenig Kleidung«, flüsterte sie.

Eine Schocknachricht. Er sollte seinem Erzfeind ein Geschenk machen? Hatte sie noch alle Tassen im Schrank? »Jasmin, ich weiß nicht. Angelo und ich mögen uns nicht besonders, warum sollte ich ihm helfen?«

»Ich möchte dreckige Fotos machen. Für einen professionellen Fotografen habe ich keine Kohle. Und jedem möchte ich meine Pussy auch nicht zeigen. Du hast doch die Zusage für eine Ausbildung, also bist du gut«, hauchte sie und streichelte über seine Brust.

Sein Schwanz stand wie eine Eins. Schmutzige Fotos bedeuteten nichts anderes als Nacktfotos. Die Versuchung war groß. Sie nackt zu sehen, wäre ein Traum für ihn. Mit klimpernden Augen schaute sie ihn an.

»Kann ich bei so einem Blick Nein sagen? Ja, wir machen die Fotos.«

»Du bist ein Schatz, aber bitte nicht weitergeben. Das musst du mir versprechen.«

»Darf ich deine Titten sehen?«, fragte er stöhnend.

Sie schaute ihn an und grinste. »Wenn du lieb bist, können wir auch über kurz anfassen sprechen.«

Wie sie ihn anschaute, war Sünde. Die Chance, sie zu erobern, war minimal, aber sie war da. »Wir machen die Bilder. Heute Nachmittag im Park? Ich kenne da eine Stelle am Wasser, dort ist das Licht immer schön.«

»Ja, ich will richtig schmutzige Bilder haben. Versaut sollen sie sein. Vielleicht kannst du mir zeigen, was Männer geil macht? Ich bin so aufgeregt. Danke, mein süßer Freund.«

Sein Herz ging auf und sein Schwanz zuckte. Jasmin wollte Pornobilder haben. Der Rest des Vormittags war für ihn gelaufen. Jasmin nackt zu sehen, war ein Traum. Wenn auch ein Traum mit bittersüßem Beigeschmack.

Nach der Schule radelte er nach Hause und bereitete seine Kamera vor. Seine Lust war groß, doch seine Mutter war zu Hause, also konnte er sich nicht erleichtern und musste mit vollen Eiern in den Park fahren.

Als er mit seinem Fahrrad am vereinbarten Treffpunkt ankam, wartete Jasmin schon auf ihn. Sie trug einen flauschigen Bademantel in Weiß. Was sie drunter trug, konnte er sich denken.

»Hallo, Henry«, sagte sie strahlend.

Boah, das würden quälende Stunden werden. Schon als sie ihn wieder so sexy anstrahlte, bekam er eine Latte.

»Ich bin so was von aufgeregt. Hör zu. Ich habe mich rasiert, geile Wäsche dabei und drei Dildos. Wir machen total versaute Fotos. Angelo sollen die Augen rausfallen. Er hat ganz spezielle Sexwünsche.«

Henry schüttelte innerlich nur den Kopf. Als ob es ihn interessierte, wie versaut die Schmalzlocke war. »Ja, ja. Die Stelle am See liegt gleich da vorn«, lenkte er sich und Jasmin ab.

»Schön. Komm, ich will loslegen.«

Die beiden begaben sich an den von Henry beschriebenen Ort. Dort angekommen, streifte Jasmin sofort den Bademantel ab. Henry bekam Schnappatmung. Sie trug nur noch ein winziges goldenes Bikinihöschen. Ihre Brüste waren unbedeckt, helle rosafarbene Knospen strahlten ihn an.

»Hör zu. Ich posiere erst mal und du machst Fotos. Dann ziehe ich mich aus und du machst Nacktfotos von mir. Die Bilder mit den Dildos machen wir zum Schluss. Bereit?«

Was sollte er sagen? Nein, ich habe keine Lust, Fotos für das Arschloch zu machen? Wenn er das täte, könnte er die Bilder vergessen. Vielleicht ergab sich doch noch eine Gelegenheit, ihr seine Gefühle zu zeigen. »Ready«, hauchte er.

Sie warf sich in Pose. Ihre Nippel waren steinhart. Sie bewegte sich wie ein Go-go-Girl und machte ihn mit ihren heißen Moves fast wahnsinnig. Sein Schwanz drehte durch. Sie war Sünde pur. Ihre süßen Titten, der flache Bauch und erst ihre Schenkel! Jasmin kniete sich hin und spreizte die Beine. Mit einer Hand legte sie ihre Perle frei und hielt ihre ungeschützte Scham in die Kamera. »Komm mal näher und versuche, mir unten reinzufotografieren. Ich schleime leicht, vielleicht musst du kurz saugen.«

Er nahm die Kamera von den Augen und starrte sie an.

»Was? Wir haben einen Deal. Was hier passiert, bleibt auch hier. Jetzt sag nicht, du willst mich nicht lecken? Ich schmecke ziemlich gut«, neckte sie ihn.

Inzwischen war sein Stab so hart, dass es schon wehtat. Wie sie angekündigt hatte, steckte sie sich zwei Finger rein und hielt ihre Möse offen. Henry kniete sich zwischen ihre Beine, sodass die Linse seiner Kamera nur Millimeter von ihrem Unterleib entfernt war. Fleißig machte er Bilder.

Sie lief aus. »Scheiße, du musst mich trocken saugen«, stöhnte sie.

Innerlich jubelte er. Es gab Schlimmeres, als die heißeste Schülerin der Schule mit dem Mund zu verwöhnen. Wie eine Saugglocke legte er seine Lippen über ihre Spalte und begann zu saugen.

»Ja, so ist gut«, seufzte sie.

So gut er konnte, ließ er seine Zunge tanzen und umspielte ihre weibliche Blume, die sich ihm öffnete und sich in seiner ganzen Schönheit zeigte.

Während seine Zunge ihre intimen Lippen verwöhnte, stöhnte sie. »Ich glaube … es reicht. Ich bin sicher nicht mehr so schleimig. Wir sollten jetzt weitermachen.«

Er ließ von ihr ab und schaute ihr ins Gesicht. Ihre Wangen waren knallrot.

Hatte er sie beeindruckt? Jasmin wirkte unentschlossen. Seine Beobachtungen gaben ihm neuen Auftrieb. Mit frischem Elan machte er sich wieder ans Werk und knipste ihre offene Pflaume. Seine Lust wuchs mit jedem Bild. Sollte er ihr seine Erregung präsentieren und seine Hose öffnen? Jasmin musste das Zelt zwischen seinen Beinen inzwischen auch sehen. War sie so hemmungslos oder wollte sie ihn nur ärgern?

Sie zog sich ganz aus und streichelte über ihren sexy Arsch. »Lass uns Fotos machen, auf denen ich ganz nackt bin.«

Er zuckte nur mit den Achseln. Sie legte sich auf die Seite und winkelte ein Bein an. Man(n) sah alles. Sie lächelte sexy in die Kamera, während er sie geöffnet ablichtete. Die Situation war ganz schön frivol. Henry versuchte, sich auf seinen Job zu konzentrieren.

Ihre Posen wurden immer gewagter. Mal hockte sie sich hin und zeigte alles. Mal kniete sie doggy und strich sich über den Arsch. Es war eigentlich ein Pornoshooting. Nicht mehr und nicht weniger. Sie zeigte sich immer lasziver, was seinem Blutstau gar nicht guttat. Seine Schmerzen wurden immer größer.

»Wir machen eine kurze Pause«, sagte er.

»Finde ich gut. Ich geh mal schnell Pipi machen und komme dann wieder.«

Endlich. Für ihn konnte sie gar nicht schnell genug weg sein. Erleichtert öffnete er seine Hose und befreite seinen harten Schwanz. Es war eine Wohltat. Endlich drückte unten nichts mehr. Was noch wichtiger war – er konnte wichsen. Er musste sich erleichtern. Der Druck war nicht mehr zu ertragen. Henry schaute sich die Bilder der heißen Jasmin an und begann zu wichsen. Boah, was geilte sie ihn auf.

»Du dreckiges Stück, jetzt wirst du dafür bezahlen, dass du mich so gequält hast. Nimm den Stoß und den«, schnaufte er und wedelte seine Palme.

»Igitt«, hörte er eine fremde Frauenstimme hinter sich.

Er drehte sich um. Eine ältere Frau und ein Polizist standen vor ihm. Henry wäre am liebsten im Erdboden versunken.

»Das ist der Lüstling. Sehen Sie? Er berührt sich.«

»Ja, ich bin ja nicht blind. Guten Tag, ich bin Wachtmeister Herold. Zeigen Sie mir Ihre Papiere.«

Es war ihm so was von peinlich. Mit hochrotem Gesicht beförderte er seine Geldbörse ans Tageslicht und zeigte dem Polizisten seinen Ausweis.

»Schatz, was ist passiert?« Jetzt platzte auch noch Jasmin in die Situation. Konnte es für Henry noch schlimmer werden?

»Er hat sich berührt«, brachte es die alte Dame auf den Punkt.

»Das tut mir so leid. Er ist mein Freund. Wir wollten hier einige Aufnahmen für uns machen, da ist wohl etwas die Lust mit ihm durchgegangen.« Sie lächelte den Polizisten liebevoll an.

»Na ja, ist ja nichts passiert. Vom Weg waren Sie eigentlich auch weit genug weg. Wir sparen uns eine Anzeige wegen Erregung öffentlichen Ärgernisses. Ist eh viel zu viel Aufwand. Kommen Sie, wir lassen das junge Paar hier mal weitermachen. Die haben sicher noch viel vor.«

Der Polizist und die Dame entfernten sich.

»Puh, das war knapp. Danke, Jasmin.«

»Jetzt zu uns …« Sie öffnete den Bademantel, sodass er ihre knackigen Äpfel und ihre schamlos schöne Perle sehen konnte.

Sofort wurde sein Schwanz zum Speer und zeigte voll auf ihre Perle. »Es tut mir leid«, seufzte er.

»Ich fasse jetzt mal zusammen. Wir machen hier Fotos. Ich stelle gewisse Belohnungen in Aussicht, ohne konkret zu werden. Du hast eine Megalatte. Ich bin gerade mal zwei Minuten nicht da und sofort wird auf meine Bilder gewichst. Du wirst ertappt. Ich rette dir den Arsch und der Herr wird sofort wieder geil? Findest du das lustig?«

»Jasmin, was erwartest du von mir? Was wir hier machen, sind knallharte Pornobilder. Wie du dich zeigst, hat nichts mit Erotik zu tun. Du fickst die Kamera oder sie dich«, versuchte er seine Erregung zu erklären.

»Natürlich sind das harte Bilder …«

Bevor sie weiterreden konnte, drückte er ihr seine Lippen auf den Mund und küsste sie. Henry war scharf und wollte mehr von ihr. Ihre Standpauke war ihm egal. Hastig griff er ihr unter den Bademantel und streichelte ihren heißen Arsch.

»Nein, es geht nicht. Ich wichs dich aber ab«, hauchte sie.

Für einen Augenblick überlegte er, ob er weiter um sie kämpfen sollte, aber es war nicht der richtige Zeitpunkt. Also ließ er von ihr ab. Als er ihre warme Hand an seinem Stab spürte, schloss er die Augen und ließ sich verwöhnen.

Jasmin begann ganz behutsam, seine harte Latte zu verwöhnen. »Es ist alles gut, beruhig dich. Ich bin da und mache dich glücklich«, flüsterte sie in einer Tonlage, die ihn zum Lächeln brachte. Noch nie hatte ihn eine Frau mit so viel Wärme und Zärtlichkeit verwöhnt. »Du bist so groß. Ich bin feucht und das liegt nicht an der Wärme. Erzähl mir, was du von mir willst.«

»Ich mag dich schon lange. Für mich bist du die hübscheste Schülerin der Schule. Deine Augen, deine Lippen und dein Körper erst. Ich begehre dich schon so lange. Oft werde ich in der Nacht wach und mach es mir, während ich an dich denke.«

»Ts, ts. In echt ist es doch viel schöner. Entspann dich. Lass es laufen. Spritz deiner Königin auf den Bauch.«

Was jetzt passierte, war der schönste Augenblick in seinem Leben. Sie machte es ihm härter, aber dennoch liebevoll. Gekonnt hatte sie längst seine Eichel freigelegt und liebkoste seinen Stab. Jetzt verwöhnte sie auch seine Vorhaut.

Er stöhnte auf und kam. Die erste Fontäne landete auf ihrem sexy Bauchnabel. Mit viel Erfahrung dirigierte sie seinen pumpenden Rüssel zu ihrer Spalte, sodass er sie anspritzte.

Henry öffnete die Augen. Trauben von Sahne klebten an ihrer Perle.

Ihre Augen glänzten. »Hast du gut gemacht. Ich verteile jetzt deine Sahne auf meinem Körper und dann machen wir die letzten Fotos. Ich habe auch schon eine Idee, wie wir noch schärfere Aufnahmen bekommen.« Sie streifte den Bademantel ab, unter dem sie nackt war, und verteilte seine Milch auf ihrem Körper. Genussvoll rieb sie ihre Titten ein, ihren Bauch und natürlich ihre Perle. »Reicht. Du hast mir ja wirklich viel gegeben.« Sie strich über seine Eichel und nahm ihm auch die letzten Tropfen noch ab. Dann spreizte sie die Beine, schob sich den Finger mit seiner Milch unten rein und verteilte den Samen der Liebe in ihrer Höhle.

Er schaute sie fragend an.

»Soll doch auch authentisch aussehen. Hör zu. Ich lege mich auf den Baumstamm, der über das Wasser ragt, und schaue verträumt in die Ferne. Ich werde die Beine so sexy breitmachen, dass du mir wieder unten reinschauen kannst. Mit deinem Sperma wird das noch besser aussehen.«

»Meinst du nicht, dass die Bilder nichts für Angelo sind? Er wird sehen, dass du Sperma am Körper und in dir trägst. Wenn er eins und eins zusammenzählt, dann weiß er sofort, dass du mit einem anderen Mann rumgemacht hast«, gab er zu bedenken.

»Ja, ja. Lass uns anfangen«, meinte sie nur.

Henry schüttelte den Kopf. Er hatte keine Ahnung, was sie vorhatte.

Wie angekündigt, legte sie sich nackt auf den Stamm, spreizte obszön die Beine und zeigte ihm erneut alles.

Ihre laszive Körperhaltung blieb nicht ohne Konsequenzen. Seine Latte wuchs erneut, was auch kein Wunder war. Eine äußerst attraktive junge Frau, die wenige Augenblicke zuvor seine Sahne auf ihrem Körper und in ihrer Perle verteilt hatte, lag vor ihm. Lasziver war ja wohl kaum noch möglich. Ihre Knospen standen.

Er fotografierte ihren Körper aus den verschiedensten Winkeln.

»Gib mir mal bitte einen Dildo aus meiner Tasche.«

»Jasmin, ich werde schon wieder ganz geil«, beschwerte er sich.

»Willst du sehen, wie das Teil mich bumst? Her damit.«

Sie war einfach zu dominant für ihn. Frustriert reichte er ihr einen dicken fleischfarbenen Vibrator. Sofort begann sie, damit an ihrer nassen Spalte zu spielen. Was sehr geil aussah. Mit der künstlichen Spitze öffnete sie ihren Vorhang. Trauben von süßem Schleim bedeckten ihren Unterleib. Der Saft der Lust lief bereits über ihre Schenkel.

»Ich bin so was von geil. Wenn ich es mir selbst mache, dann träume ich von einem stattlich gebauten Typ, der liebevoll und sexy ist. Ein Mann, den ich verführen kann. Der mich hart liebt, aber gut behandelt. Er muss feinfühlig sein, ich muss gute Gespräche mit ihm führen können. Dann lasse ich mich im Bett gern schön benutzen. Oft träume ich davon, dass ich ihn ständig geil mache. Im Bett bin ich seine von Lust getriebene sexy Sau, die ihm alle Wünsche erfüllt. Im Leben aber stehe ich fest an seiner Seite. Teile mit ihm mein Leben und lass ihn ganz dicht an mich heran.« Langsam schob sie sich das Teil unten rein.

Mit offenem Mund starrte ihr Fotograf sie an. Noch nie hatte er eine Frau beobachtet, die es sich selbst machte. Jasmin schleimte wirklich extrem. Sein Riemen wurde wieder steinhart. Ihre Brustwarzen standen. Sie bot eine fantastische Show, zeigte einen richtigen Porno. Weit hatte sie sich geöffnet. Er konnte alles ganz genau sehen.

Jasmin schob den Vibrator einige Male rein und raus. Ein schönes Lustnetz legte sich über das Hilfsmittel. Henry stöhnte laut und begann, seinen Stab zu wichsen.

Jasmin riss die Augen auf und grinste ihn an. »Hast du jetzt eine Ahnung, von wem ich träume?«, hauchte sie.

»Von wem schon? Schmalzlocke«, stöhnte er.

»Wer?«, fragte sie grinsend.

»Angelo natürlich. Ich kann den Kerl nicht ausstehen.«

Lasz(iv) schaute sie ihn an und stieg vom Baumstamm herab.

»Bitte nicht, ich will noch zu Ende wichsen. Ich kann so schön viel von dir sehen«, flehte er fast.

»Henry, hast du es immer noch nicht kapiert? Schauen ist ja okay, aber machen ist doch viel schöner.« Sie breitete den Bademantel auf dem Boden aus und ging dabei leicht in die Hocke. Sexy zeigte sich ihre Kirsche. »Sie ist nicht nur zum Anschauen da. Kann auch sehr gern angefasst werden.«

Sollte er? Sie hatte ihn ja aufgefordert. Vorsichtig griff er zu und streichelte ihre Perle, dabei hatte er einen hervorragenden Blick auf ihren knackigen Arsch.

Grinsend drehte sie sich um. »Du bist so was von süß.« Zärtlich streichelte sie mit der Hand über sein Gesicht und küsste ihn auf den Mund.

Jasmin schmeckte traumhaft. Der Stab der Liebe drückte sich gegen ihren Bauch.

»Es wird Zeit, dass er sein zukünftiges Zuhause kennenlernt. Wenn ich richtig fühle, dann will er alles ganz genau sehen«, meinte sie grinsend und legte sich mit weit gespreizten Beinen auf den Bademantel. Mit dem Zeigefinger lockte sie ihn zu sich.

Wieder war sein Muskel knüppelhart. Vorsichtig kniete er sich zwischen ihre Beine. Kurz darauf fühlte er ihre schlanken Finger, die ihn lustvoll streichelten.

»Ich sehe schon. Deine Eier sind schon wieder ziemlich schwer. Da werde ich in Zukunft ja viel zu tun haben.«

Bevor er reagieren konnte, zog sie ihn an seinem Schwanz zu sich nach unten. Zum ersten Mal berührte er ihre Schamlippen mit seinem Rüssel. Er seufzte laut.

»Kommen tun wir erst, wenn wir drin sind. Ich will nichts verschwenden.«

Was machte diese Frau nur mit ihm? Sie verführte ihn nach Strich und Faden. Als sie ihre Handfläche um seine Eier legte, grunzte er laut.

»Gefällt es dir? Warte erst, bis ich deine Eier in den Mund nehme. Aber jetzt will ich gefickt werden.«

Henry erwachte aus seiner Lethargie und stieß zu. Rein ins feuchte Glück. Kurz darauf steckte er tief in ihr.

Jasmin schrie spitz auf. »Puh, das kam unerwartet, war aber gut. Schön fleischig, gefällt mir.« Sie grinste ihn an.

Diese Frau war Lust pur. Er bewegte sich in ihr und fickte ihren jungen knackigen Körper. Die süßen Hügel, die sich vor seiner Nase befanden, wippten im Takt seiner Lust. Schlanke Finger wuschelten seine Haare durcheinander.

Strahlend schaute sie ihm in die Augen, was Henry noch mehr erregte. »Du machst es ausgezeichnet. Es ist viel besser, als ich es mir vorgestellt habe.«

Ein schönes Kompliment. Er nahm sie weiter, aber in einem ruhigen Tempo. Schon allein deswegen, weil er noch nicht kommen wollte.

»Schatz, du musst keine Rücksicht nehmen. Mein Haus gehört dir allein.«

»Ganz ehrlich, Jasmin? Du bist der Wahnsinn.«

Während sie sich liebten, flirteten sie miteinander. Gab es eine schönere Art, wie zwei liebende Menschen miteinander umgehen konnten?

»Wurde ja auch Zeit. Du hast manchmal eine lange Leitung. Hast du wirklich geglaubt, ich zeige mich dir so, damit ich einen anderen Kerl glücklich mache? Spätestens als ich mir deine Sahne unten reingeschmiert habe und du noch immer nicht über mich hergefallen bist, dachte ich bei mir: Was hat er für eine lange Leitung? Ist aber auch so süß.« Sexy küsste sie ihn auf den Mund und streichelte über seinen knackigen Arsch. Dann ließ sie ihre Finger weiter zu seinen prallen Eiern wandern, um sie zu streicheln. »Die werden immer größer. Wenn das so bleibt, werde ich dich wohl alle zwei, drei Stunden abmelken müssen. Schlimm.«

Er schaute ihr tief in die Augen. »Ich bin wahnsinnig glücklich«, hauchte er.

»Wir haben später noch viel Zeit. Du schläfst bei mir, aber jetzt will ich deine Sahne. Bums mich.«

Das verliebte Paar schaute sich noch einen Augenblick an. Dann bewegte sich Henry wieder in ihrem Körper. Sie war so warm und so feucht. Getrieben von seiner Lust wurde er schneller und schneller.

»Ja, mach es deiner verdorbenen Freundin«, stöhnte sie.

Genau das hatte er vor und bumste sie mit seiner ganzen Kraft. Jasmin hatte die Augen geschlossen und schnappte nach Luft. Henry sah ihr die Erregung an. Ihre Nippel wurden immer härter. Weiter stieß er in ihren Leib. Ihre Perle schrie nach seiner Milch und legte sich wie eine Schlingpflanze um seinen Stamm.

»Du bist gut. Sehr gut.« Jasmin warf den Kopf nach hinten. Ihr Atem kam stoßhaft. Sie schwebte auf einer Wolke der Befriedigung.

Auch er kam und genoss die Momente der Erleichterung und des Glücks.

***

Am Abend saßen sie gemeinsam in ihrer Badewanne.

»In dir zu sein, ist schön«, meinte er verliebt.

»Scheinst dich sehr wohlzufühlen. Hast dein Haus ja ziemlich selten verlassen.«

Kurz darauf bewegte sich das Wasser in Wellen und drohte, über den Rand der Badewanne zu schwappen.

Von der Rockergang unterworfen und benutzt

Iris' Mann Ralf hatte alles für einen gemütlichen Fernsehabend vorbereitet. Zwei Gläser Wein standen auf dem Beistelltisch, ihr Handy lag daneben. Es regnete schon den ganzen Tag. Der leichte Landregen, der gegen das Dachfenster prasselte, gab der entspannten Atmosphäre eine zusätzliche Tiefe.

Sie stand von der Couch auf, ging ins Badezimmer und bürstete vor dem Spiegel ihr blondes schulterlanges Haar. Die Vierunddreißigjährige war mit ihrem Haar sehr zufrieden. Es war voll und unglaublich geschmeidig. Dabei betrachtete sie ihren Körper. Sie hatte nichts an sich auszusetzen. Besonders gefielen ihr die vollen Brüste, stabilen Schenkel und tollen Augen. Die Nase fand sie ein wenig zu spitz und ihre schmalen Lippen passten nicht so ganz zu ihr, auch wenn sich die Typen, denen sie es mit dem Mund machte, bisher noch nicht beschwert hatten.

Sie lächelte. Wenn ihr Mann wüsste, was sie tat, würde er jetzt nicht so entspannt auf der Couch liegen. Doch Ralf lebte in seiner ganz eigenen Welt. Als Abteilungsleiter eines großen Marktforschungsinstituts beschäftigte er sich den ganzen Tag mit der Auswertung von Daten. Den Bezug zum wahren Leben hatte er schon lange verloren. Einige Tausend Menschen dokumentierten ihre Einkäufe über einen Handscanner. Die Daten landeten in Rechnern seines Instituts, wo die Preisentwicklung abgelesen und verschiedene Schlussfolgerungen gezogen wurden. Diese und andere Ergebnisse wurden dann an Unternehmen verkauft. Ralf brachte gutes Geld nach Hause, aber sie hatten sich nicht mehr viel zu sagen. Immer wieder fragte sie sich, wie sie mit diesem Mann einen Sohn gezeugt hatte. Na ja, sie war sehr attraktiv und hatte die Arbeit übernommen. Ralf musste nur hart im Schritt werden, und das hatte er geschafft. Wirklich aktiv im Bett war ihr Mann nie gewesen. Früher hatte sie das sehr gestört, aber jetzt war sie froh darüber.

Ihr Handy im Wohnzimmer meldete sich mit einem Ping. Iris hatte einen Verdacht, wer ihr die Nachricht geschrieben hatte. Eile hatte sie nicht, die Worte zu lesen, aber immer wenn ihr Handy sich meldete, dann spürte sie eine gewaltige Anspannung in ihrem Körper.

Sofort ließ sie die Bürste fallen und eilte zu ihrem Handy. »Morgen. Achtzehn Uhr. Taris«, las sie leise vor.

»Schatz, wer ist Taris?«, fragte ihr Mann.

»Ein Mitschüler unseres Sohnes. Ich arbeite doch ehrenamtlich in der Schülerbetreuung. Taris ist ein schwieriger Schüler und braucht Hilfe.«

»Schatz, ist das wirklich die richtige Beschäftigung für dich? Du brauchst nicht arbeiten, ich verdiene genug.«

»Ich weiß, Schatz. Viertausend Euro netto im Monat.«

Iris wusste, wie gern ihr Mann auf dieser Information herumritt. Er war mächtig stolz auf sein Einkommen.

Sie legte sich zu ihrem Mann und kuschelte sich in seine Arme. Er schaute gespannt in den Fernseher, sie hatte dafür keinen Blick. Ihre Gedanken kreisten um die Textnachricht, die sie bekommen hatte, und wanderten ein halbes Jahr zurück …

Mit anderen ehrenamtlichen Helferinnen hatten sie an einem Samstagabend in der Turnhalle eine Weihnachtsfeier für die höheren Klassen organisiert. Sie hatte sich damals für einen Klassiker entschieden, ein sehr kurzes schwarzes Kleid. Vielleicht war es zu sexy, doch es gefiel ihr und sie trug es gern. Taris kannte sie schon vom Sehen. Er war der Anführer einer Gruppe Halbstarker, die eine eigene Rockergruppe in der Schule gebildet hatten. Er war überheblich, großkotzig und ließ sich nichts sagen. Doch sie mochte ihn, zeigte er doch eine Seite, die sie bei ihrem Mann vermisste. Weitere auf ihn passende Attribute waren »wild«, »laut« und »extrem dominant«. An diesem Abend wurde an die Volljährigen auch Alkohol ausgeschenkt. Immer, wenn ihr Taris über den Weg lief, zog er sie mit den Augen förmlich aus. Es gefiel ihr. Irgendwann forderte er sie zum Tanzen auf. Sie sagte Ja. Er konnte sehr gut tanzen und sie ließ sich führen. Irgendwann fühlte sie seine Hand, die über ihren Arsch streichelte. Sie hätte sofort Nein sagen sollen, doch sie ließ ihn gewähren. Er wurde mutiger und seine Hand schlüpfte unter ihr Kleid. Da sie nur halterlose Strümpfe trug, war für ihren jungen Tänzer der Weg frei. Mit den Fingerspitzen strich er über ihre Perle. Sofort war sie geil. Lange war sie nicht mehr intim berührt worden. Hingebungsvoll begann er, sie zu verwöhnen. Iris wurde immer geiler. Ihre Hände wanderten in seinen Schritt. Er war steinhart. Spätestens jetzt hätte sie Schluss machen müssen. Doch als Taris den Reißverschluss seiner Hose öffnete, wichste sie wie ferngesteuert seinen großen Schwanz. Ihre Gier nach Zärtlichkeit war enorm. Er lotste sie von der Party weg. In der Frauentoilette schob er ihr das Kleid hoch und riss ihr den String herunter. Er war brutal und animalisch, was sie noch mehr aufgeilte. Ihre Hände öffneten seinen Gürtel und den Kopf seiner Lederhose. Das Kleidungsstück fiel zu Boden. Er hob sie auf ein Waschbecken. Obszön spreizte sie die Beine und präsentierte ihm ihre rasierte Fotze. Er stellte sich vor sie, dockte an und steckte ihr seinen Rüssel unten rein. Es war geil. Taris fickte sie perfekt. Sie mochte es etwas härter und er bumste sie mit genau dem richtigen Tempo. Sie verglühte förmlich unter seinen Stößen, ihre Hände verkrampften sich in seiner Lederjacke. Ohne Ankündigung kam sie. Es war ihr erster Höhepunkt seit Jahren. Viel Zeit, sich zu erholen, hatte sie nicht. Seine Hände griffen nach ihrem Arsch und kneteten ihre Backen. Taris nahm von ihr Besitz. Schon da hätten bei ihr alle Alarmglocken angehen müssen. Doch Iris war zu dankbar und ließ ihn gewähren. Er kam in ihr. Ein junger Schüler schmierte sie. Es war ein Traum. Der junge Schwanz pumpte und pumpte. Als er sich von ihr löste, tropfte sein Samen ins Waschbecken.

»Das war geil, ab jetzt gehörst du zum Fickkreis meiner Jungs. Wenn wir dich wollen, dann hast du es uns zu machen, sonst prügeln wir dich windelweich.«

Seine Worte machten sie fassungslos. Fassungslos wütend. Sie verpasste ihm eine harte Ohrfeige.

Er lachte nur überheblich. »Du bist so abgegangen, dass du mich noch anbetteln wirst, freiwillig für unsere Gruppe als williges Bückstück arbeiten zu dürfen.« Mit einem hämischen Lachen verließ er die Toilette.

Sie war völlig durch den Wind. Rasch machte sie sich frisch und ging zurück zur Party. Den ganzen Abend floss sein Samen aus ihrer Perle, als hätte man den Wasserhahn aufgedreht. Ein Teil stammte von Taris, aber ein Teil war auch ihre eigene Lust. Immer wieder streichelte sie über ihren Bauch, in der Gewissheit, dass sich fremdes Sperma in ihrem Körper verteilte.

Einige Tage hielt sie es aus, doch dann suchte sie seine Nähe, wie er es prognostiziert hatte. Der Preis war hoch. Manchmal zu hoch, aber sie hatte sich entschieden. Für die Lust und gegen die Moral …

Was sie dieses Mal wohl erwartete? Perfide Spiele der Lust, so viel war klar, aber was hatte der teuflische Taris wieder mit ihr vor? Mehrfach hatte er sie an und über ihre Grenzen geführt. Sie hatte unfassbar derbe Spiele erlebt und auch selbst veranstaltet. Hatte Mädchen wehgetan und sich in einem Moloch aus Lust, Erniedrigung, Unterwerfung und Befriedigung selbst Schmerzen zufügen lassen. Dennoch rutschte sie immer tiefer in den Abgrund der schwarzen Lust, wie sie es nannte.

Doch ihre Perle freute sich jetzt schon wie eine Wahnsinnige. Was sie am Schmerz so sehr erregte, hatte sie bisher nicht herausgefunden.

Den ganzen Abend fragte sie sich immer wieder, ob sie zu ihm gehen sollte oder nicht. Diese Frage stellte sie sich jedes

Mal und jedes Mal war die Antwort klar. Sie tat es und ließ sich erniedrigen, nur damit sie in den Genuss seiner Aufmerksamkeit kam. Obwohl er sie sexuell demütigte, konnte und wollte sie sich nicht von ihm lösen. Die Sucht nach seinem Schwanz und seinen Lippen war viel zu stark. Es gab Gerüchte an der Schule, Taris hätte einen Strich aufgemacht und würde Schülerinnen an reiche Freier vermieten, die auf junges Gemüse Bock hatten. Das Thema hielt sich über Tage. Iris wusste davon, schwieg aber.

***

Die ganze Nacht war sie untenrum total feucht, wie konnte sie nur so verdorben sein!

Der Tag zog sich. Ihr Mann war am Abend noch zu einem Umtrunk in der Firma eingeladen. Also hatte sie Zeit, sich vorzubereiten. Sie wusste, was Taris gefiel. Ihr nackter Milfkörper. Ein weißer String und ein passender BH verdeckten ihre weiblichen Attribute nur spärlich, an den Beinen trug sie hohe schwarze Stiefel. Taris liebte Pferdeschwänze, also steckte sie die Haare mit einem Haargummi zusammen. Sie würde Taris erst in zwei Stunden sehen und lief jetzt schon aus. Sie war auf die perfiden Spiele gespannt.

Endlich war es so weit. Sie warf ihren heißen Körper in einen Sommermantel und verließ das Haus. Ihr Körper brannte vor Lust. Mit dem Wagen brauchte sie nur eine Viertelstunde. Die Gruppe hatte eine Art Clubhaus in einer alten Industrieruine eröffnet, wenn man es so sagen wollte. Es war noch hell. Als sie ausstieg, standen bereits drei junge Mädchen in nuttiger und billiger Kleidung vor der Tür des Clubs.

Sie klopfte drei Mal – das vereinbarte Zeichen, damit sich die Tür öffnete. Drinnen wurde auf einem Tisch ein junges Mädchen hart von hinten genommen. Ihre Hände waren mit schweren Ketten gefesselt. Ihr Gesicht war von Tränen gezeichnet.

»Bedank dich bei deinem neuen Freund«, hörte sie die Stimme von Freddy, dem zweiten Chef. Er war ein widerlicher geiler Bock, der sich daran aufgeilte, wenn die jungen Dinger heulten. Sie hatte auch schon ihre Erfahrung mit ihm gemacht.

Taris saß auf einer Art Thron. Eine schwarzhaarige Schlampe kniete vor ihm und machte es ihm mit dem Mund. Iris hatte es sich lange abgewöhnt, nach den Namen der Mädchen zu fragen. Sie kamen und sie gingen.

»Ich bin hier«, begrüßte sie ihn.

»Sehe ich.«

Wortlos ließ sie den Mantel fallen und präsentierte ihren heißen Körper. Taris' Schwanz zuckte im Mund der billigen Schlampe. Mit Genugtuung nahm sie seine körperliche Reaktion zur Kenntnis. »Warum bin ich hier?«, fragte sie. Grundsätzlich erübrigte sich die Frage – sie würde benutzt werden. Aber sie wollte wissen, wie.

»Wir wollen heute einen geilen Wettkampf machen. Ein reicher arabischer Sack hat ein hartes Video bestellt. Das Mädchen wird dann für einige Tage nicht arbeiten können, wir nehmen die Schlechteste für den Job. Der Kerl zahlt mehrere Tausend Euro.«

Sie kannte diese Videos. Es kam immer wieder vor, dass Taris mit dieser Geschäftsidee um die Ecke kam. Wie er an die perversen Kerle kam, wusste sie nicht. Einmal hatte sie auch herhalten müssen und konnte danach eine Woche nicht richtig sitzen. Es hatte verdammt wehgetan.

»Ihr werdet in einer Art Turnier gegeneinander antreten. Die Gewinnerin ist raus. Irgendwann steht die Verliererin fest und die wird dann in unserem kleinen Folterkeller hart rangenommen«, erklärte er.

Sie kannte den Raum. Es war schlimm, aber so war es nun mal. »Wie sind die Bedingungen?«, fragte sie.

»Ganz einfach: Wer mehr Kerle in zwei Minuten entsaftet, gewinnt. Ihr könnt selbst bestimmen, wie ihr es meinen Freunden macht. Diejenige, die mehr Schwänze entsaftet, kann nach Hause gehen.«

Iris war die älteste Teilnehmerin. Insgesamt traten acht Frauen an. Ein frivoler Wettkampf. Genug Typen waren auf jeden Fall da. Einige der jungen Burschen waren bereits nackt. Sie sah die harten Muskeln der Kerle, deren Namen sie nicht kannte. Einige hatte sie schon mal in der Schule gesehen.

Es wurden zwei Matratzen in die Mitte des Raumes gelegt. Iris trat gegen eine heiße Blondine an, die bereits zwei Brandzeichen von Taris trug. Die kleine Sau hatte wirklich einen geilen Körper. Iris schätzte ihre Maße auf hundert – fünfundsechzig – fünfundneunzig. Das junge Ding spielte mit ihren Titten und geilte die Jungs weiter auf. Vor jeder der beiden Frauen standen drei Typen mit ihren harten Speeren.

Eine Fanfare ertönte und das frivole Spiel begann. Iris schob sich den ersten Rüssel in den Mund. Der Riemen schmeckte nach Schweiß und war nicht besonders lecker. Egal. Sie machte es ihm geil, während sie die anderen beiden Schwänze mit den Händen verwöhnte.

»Scheiße, ich komme schon«, grunzte ein Typ.

Nur leider gehörte er nicht zu ihren Schwänzen. Ein Schwanz entzog sich ihrer Hand und der dazugehörige Typ kniete sich hinter sie. Hart wurde ihr der Riemen hinten reingedrückt. Zärtlich ging anders, aber was tat man nicht alles, um nicht für ein Pornovideo in den Keller des Schreckens zu müssen. Ah, den ersten Schwanz hatte sie zum Höhepunkt getrieben. Er schoss seine warme Brühe in ihren Mund. Sie schmeckte bitter, aber sie schluckte. Eine zweite Ladung wurde ihr unten reingespritzt. Wieder nicht schön, aber wenigstens hatte sie schon zwei von drei. Die Fanfare ertönte erneut. Iris schaute zu ihrer Konkurrentin. Das junge Ding hatte nur einen Riemen geschafft. Pech für sie. Iris hatte zwar geschluckt und eine Menge Samen unten reingepumpt bekommen, war aber die Siegerin und somit raus. Zum Glück.

»Tja, damit steht die Siegerin fest. Iris hat gewonnen. Doch sie bleibt noch etwas und bedient uns.«

Im Clubhaus gab es eine Art Tresen. Junge Frauen bedienten meist nur in sündigen Strapsen oder ganz nackt die Gäste.

Taris stand auf und fasste ihr gierig an die Titten. »Du bist heute ziemlich widerspenstig. Mir gefällt das gar nicht. Los, Arme auf dem Rücken verschränken«, befahl er.

Wenn er so mit ihr umsprang, war er geil auf sie. Er hielt kleine Klammern aus Metall in den Händen. Iris hasste die Dinger. Er griff ihr grob in die Titten und ihre Knospen wurden hart. So wollte er es. Nun klemmte er ihr die erste Klammer an die Titten. Sie stöhnte vor Schmerzen. Ihre Nippel wurden noch härter und dadurch auch der Schmerz. Dann wurde ihre zweite Knospe malträtiert. Eine schwere Kette verband die zwei Klammern.

»Weil meine reife Hure so gut war, bekommt sie noch einige Gewichte an die Kette.«

So geschah es. Durch die Schwere der Ketten wurden ihre Nippel nach unten gezogen, was extrem unangenehm war. Trotz der Schmerzen lief sie unten aus. Taris war ein Teufel. Ein Teufel der Lust.

»Spreiz die Beine«, befahl er. Auch das tat sie. Er ließ sich eine Kiste mit Wäscheklammern reichen.

»Nein, nicht wieder meine Schamlippen, das tut so weh«, flehte sie.

»Mir ist aber danach. Und jetzt spreiz endlich deine Milfbeine.«

Hatte sie eine Wahl? Nein. Wie er es forderte, spreizte sie

obszön die Schenkel. Eine Menge geile Jungstiere stand um sie herum. Vor einigen Wochen wäre sie noch im Boden versunken vor Scham. Jetzt zuckte sie nicht mal mehr mit den Wimpern.

Brutal zog er ihren Vorhang unten auf. Als sie die erste Klammer und somit den ersten Schmerz an ihren intimen Lippen spürte, zuckte ihr Unterleib extrem. Es war unfassbar unangenehm und doch so lustvoll. Die Spannung in ihrem Körper wurde immer intensiver. Zuneigung und Abneigung. Zärtlichkeit und Brutalität. Liebe und Hass. Iris spürte immer beide Seiten, wenn sie an Taris dachte. Sie hätte gehen können, wenn sie gewollt hätte, aber sie genoss den Schmerz und die Demütigung.

Die Prozedur dauerte lange. Am Ende peinigten unzählige Klammern ihre Schamlippen, sodass sie kaum laufen konnte.

»Jungs, jetzt feiern wir. Mädels, bedient uns«, grölte ihr Anführer.

Iris kannte das schon. Die Jungs ließen sich volllaufen und wenn sie voll genug waren, dann gab es Rudelbumsen, wie Taris es abfällig nannte.

Fünf Mädchen bedienten die Männer. Alle waren ausnahmslos hübsch und sehr attraktiv.

»Den Wettkampf setzen wir morgen fort. Iris, du kommst morgen früh wieder. Jetzt kannst du gehen.«

»Ich habe morgen vielleicht keine Zeit«, seufzte sie.

Taris wurde knallrot vor Zorn und packte sie an den Haaren. »Darüber sprechen wir noch. Sei froh, dass du dir die Dinger jetzt abmachen kannst.«

Es war ein Genuss, die Klammern loszuwerden. Ihr Körper freute sich, aber sie war dennoch unzufrieden. An diesem Abend war sie nicht gebürstet worden, was ihr gar nicht gefiel.

Mit Lust im Schritt schloss sie die Haustür auf. Ihr Mann war noch nicht da, also hatte sie Zeit für sich. Mit einem Glas

Wein setzte sie sich auf die Terrasse und dachte nach. So ging das mit Taris nicht weiter. Sie war zu alt für solche Spiele.

Unzufrieden ging sie ins Bett.

***

Am nächsten Morgen wachte sie allein auf. Wenn das Bett neben ihr leer war, dann hatte Ralf im Institut übernachtet.

Nur mit einem Morgenmantel bekleidet, schlurfte sie in die Küche und machte sich einen starken Kaffee. Ihr Handy meldete sich, sie kannte den Klingelton. Taris hatte geschrieben. Sie öffnete die Nachricht. Um zehn Uhr sollte sie zu ihm kommen. War da nicht Schule? Egal, das ging sie nichts an. Es war kurz nach acht Uhr am Morgen und in ihr brannte wieder die Lust nach Demütigung und Unterwerfung. Was hatte der Teufel heute mit ihr vor?

Aufgeregt warf sie sich in Schale. Iris wusste, was ihm gefiel. Sie streifte sich ein sexy Pantyhöschen über, einen schwarzen kurzen Rock, dazu eine weiße Bluse mit einem sündigen Dekolleté. Rasch legte sie noch Make-up auf und schon machte sie sich auf den Weg. Es kribbelte gewaltig in ihr, Millionen von Tausendfüßlern feierten in ihrem Unterleib. Was sie wohl erwartete?

Mit Herzklopfen stellte sie ihren Wagen ab und betrat das Clubhaus. Taris war wieder in Höchstform. Zwei heiße junge Frauen kämpften in einem Ring miteinander. Warum, wusste sie nicht und es ging sie auch nichts an. Die Frauen waren nackt und hatten schon so manche Züchtigung erlebt, wie sie am roten Arsch eines der Mädchen sah.

Taris schaute sie mit seinen durchdringenden Augen an und musterte ihren heißen Körper. Ihr Unterleib brannte vor Lust. »Du kommst genau richtig.« Besitzergreifend griff er nach ihrer Taille und zog sie zu sich heran. Dominante Lippen legten sich über ihren Mund. »Die zwei Mädchen werden auf den Lesbenstrich gehen. Du hast eine Woche Zeit, den Hübschen beizubringen, wie man eine Frau glücklich macht. Sie sollen alles können, und damit es dir auch gefällt, werde ich dabei sein und dich ein wenig auf Trab halten.«

Sie lief aus. Bock auf Lesbensex hatte sie nicht, aber die Lust, sich wieder einmal zu unterwerfen, fühlte sich geil an. Sie fragte die zwei Frauen: »Name?«

»Melanie.«

»Tatjana.«

Iris musterte die beiden. Melanie hatte große schwere Melonenbrüste und war ziemlich drall. Dick konnte man nicht sagen, aber an den Hüften und den Schenkeln hatte sie viel zu bieten. Mit ihren langen blonden Haaren sah sie extrem unschuldig aus. Die junge Frau würde in heißen High Heels, einem kurzen Rock und einem bauchfreien Top ziemlich heiß aussehen. Tatjana war eine schlanke Frau mit kurzen schwarzen Haaren und einem fast knabenhaften Körper. Ihre kleinen Titten erregten sogar Iris. Man konnte viel Spaß mit ihnen haben, das stand außer Frage.

»Erfahrungen mit Frauen?«, fragte die reife Milf weiter.

Beide schüttelten den Kopf. Das konnte ja was werden.

»Wenn du es nicht schaffst, dann habe ich eine ganz besondere Überraschung für dich. Ich habe einen Tätowierer an der Hand, der würde dir meinen Namen auf deine Fotzenlappen schreiben. Hört sich das gut an? Dann würdest du immer an mich denken, wenn es dir ein Typ besorgt.«

Sie schaute ihn mit riesigen Augen an. Schlimmer konnte es gar nicht kommen. »Wenn ich es schaffe, dann entscheide ich selbst, was ich mache und was nicht.«

Er schaute sie an. »Der Deal steht.«

Sie gaben sich die Hand darauf.

»Gut, ich brauche ein Bett und einen Extraraum«, forderte sie.

»Ist schon vorbereitet.«

Zwei junge Frauen für den Lesbenstrich vorzubereiten, war eine Herausforderung. Doch so pervers, wie der Deal zwischen Taris und ihr war, so aufregend war es auch.

Das Trio begab sich in den Raum.

Iris zog sich aus. Die knackigen Frauenkörper erregten sie sehr, ihre Tausendfüßler waren wieder erwacht. »Spielt an euch herum«, befahl sie. »Macht etwas Geiles.«

Melanie und Tatjana küssten sich und streichelten sich gegenseitig über die Titten. Es sah unbeholfen aus. Iris hatte viel Arbeit vor sich.

»Ist gut, ich habe genug gesehen.« Sie begab sich zu dem Duo aufs Bett. »Melanie, wir üben jetzt. Ich zeige euch, wie man es einer Frau macht.«

Schon drückte sie ihre Lippen auf den Mund ihrer Gespielin. Iris wurde sofort geil. Melanie konnte gut küssen. Weich und lecker fühlten sich ihre Lippen an. Iris machte weiter und streichelte Melanies dicke Dinger, dann wanderte ihre Hand zur Spalte der jungen Blondine. Als die reife Milf über Melanies Schamlippen streichelte, stöhnte diese heiß auf. Doch ihre Gespielin war noch sehr passiv. Iris griff nach ihrer Hand und führte sie zu ihrer Perle. Es war lange her, dass sie es mit einer Frau gemacht hatte, auch waren die Umstände damals anders gewesen, aber so war es nun einmal.

Mehrere Minuten verwöhnten sich die zwei Frauen.

»Bist du geil auf mich?«, fragte Melanie.

Ja, war sie. Zugeben wollte sie es aber nicht. Iris schüttelte den Kopf. »Los, spielt wieder an euch rum«, befahl sie.

Die Frauen verwöhnten sich gegenseitig. Iris wurde total geil.

»Wir wollen jetzt mit einem Strap-on bumsen. Frauen, die sich bei Taris Frauen bestellen, stehen auf solche Spiele.«

Sie schnallte sich den Kunstdildo um. Zu wissen, dass sie gleich eine fremde Frau vögeln würde, die höchstens zwanzig

Jahre alt war, war Sünde pur.

Sekunden später positionierte sie sich hinter der drallen Melanie, die doggy vor ihr kniete, und drückte ihr langsam den Riemen unten rein. Es war mechanisch und doch geil. Iris fand es total erregend.

Bald steckte sie ganz in der jungen Frau. »Stöhn, du Sau«, befahl sie.

Melanie tat es. Iris bewegte sich langsam in dem jungen Körper. Gleichzeitig griff sie an ihre knackigen Melonen und streichelte die dicken Dinger.

Taris kam herein. Grinsend schaute er zu, wie sich die zwei Frauen liebten. Mit einem Beutel Klammern stand er vor dem Bett. »Tatjana, du kannst dich mal nützlich machen.«

Er gab ihr die Klammern. Was dann passierte, brachte Iris' Säfte zum Kochen.

Als die erste Klammer an ihren Nippel geklemmt wurde, durchzuckte sie der Schmerz wie ein Blitz. Sie tat, was Taris wollte, und doch wurde sie bestraft. Immer mehr Klammern wurden an ihren reifen Titten befestigt.

Inzwischen hatte Taris die Hose ausgezogen, sein harter Schwanz wippte. Es sah geil aus. Seine Augen waren von Gier zerfressen. »Du fickst sie wirklich gut. Ich bin ganz schön geil.«

Was sollte Iris sagen? Sie bumste Melanie einfach weiter.

»Ich glaube, dass ich noch für etwas mehr Motivation bei dir sorgen kann.«

Was hatte er vor? Wenn er so in Rätseln sprach, dann hatte er einen perfiden Plan. So war es auch. Er kniete sich hinter Iris, sein harter Schwanz drückte sich gegen ihren Arsch. Endlich schenkte er ihr die Aufmerksamkeit, die sie wollte.

»Weißt du was? Ich stecke dir meinen Riemen jetzt rein. Wenn du die süße Maus bumst, dann fickst du dich selbst.

Ich finde es geil.« Kaum hatte er seinen Satz beendet, da schob er ihr seinen harten Stab schon unten rein.

Ihr Körper drehte durch. Sein Riemen war perfekt für sie. Lustvoll stöhnte sie auf.

»Du hast Lust, die können wir noch steigern.« Er spielte an ihren Klammern und der Schmerz schoss durch ihren Körper. »Fick sie weiter und beweg dein Becken, damit fickst du dich selbst und ich habe keine Arbeit dabei, dich zu nehmen.«

Was er wollte, war pervers, aber auch so süß. Ja, vielleicht waren ihre Ansichten etwas anders, aber sie fand es geil. Hart bumste sie Melanie, die immer lauter stöhnte. Iris bewegte ihr Becken, so stark sie konnte. Damit bumste die reife Milf sich auch selbst.

Taris begann zu stöhnen. Immer stärker spielte er mit den Klammern, die ihre Brüste peinigten. »Streng dich an, du willst doch auch, dass ich in dir komme.«

»Ja«, seufzte sie. Wieder gab sie sich auf und erfüllte seinen derben Wunsch. Ihre Lust hatte eine Temperatur erreicht, die sie zum Kochen brachte. Nass war sie schon lange nicht mehr, ein Wasserfall entsprang zwischen ihren Beinen. Taris lief auch aus. Sie genoss seinen leicht zuckenden Riemen in ihrem Körper. Wie konnte man sich nur so aufgeben?

Taris zuckte und rammte ihr seinen Jungschwanz tief in die Fotze. Sein Erguss in ihrer Liebeshöhle war ein Traum, die warme Milch fühlte sich wundervoll an.

Erneut durchzuckte sie ein Blitz. Der Höhepunkt war gigantisch und sie stöhnte lustvoll.

Taris zog sich aus ihr heraus und zog sich an. »Du bist immer noch die beste Sau, die ich bumse. Die beiden sollen alles können, auch Fisting.«

»Taris, wie soll ich das machen?«, fragte sie verzweifelt.

»Noch sechs Tage.« Er lachte hämisch und verschwand.

Sie hatte noch viel Arbeit vor sich, aber als sie den warmen Saft spürte, der aus ihrer Möse tropfte, wusste sie, was sie tun musste. Bis in den Abend hinein brachte sie den jungen Frauen alles Mögliche bei. Zumindest konnten sie jetzt eine Frau streicheln.

Inzwischen wurde im großen Clubraum schon wieder gefeiert.

Iris zog sich an. »Für heute ist Schluss.«

Erschöpft fuhr sie nach Hause. Während der Fahrt dachte sie über ihr Leben nach.

Als sie vor ihrem Spiegel stand und sich in den Schritt griff, fühlte sie Taris' Sperma. Ihre Titten schmerzten gewaltig. Bestimmt würde sie blaue Flecken bekommen. Lustvoll leckte sie sich über die Finger. Er schmeckte fantastisch. Wieder spürte sie sich extrem zu ihrem jungen Zuhälter hingezogen, etwas anderes war er nicht für sie.

***

Am nächsten Morgen war sie wieder extrem feucht und spürte erneut dieses unglaubliche Kribbeln der Lust in sich.

Sie zog ein extrem kurzes blaues Kleid an, auf BH und Höschen verzichtete sie. Warum sollte sie sich auch bedecken? Taris kannte ihren Körper in- und auswendig.

Als sie den Club betrat, standen Melanie und Tatjana neben Taris, der gerade heißes Wachs auf Melanies dicke Melonen tröpfelte. Melanie zitterte, schwieg aber.

»Ah, da ist ja meine Süße.« Taris packte Iris an den Haaren und zog sie zu sich. Gierig küsste er sie auf den Mund. »Heute werden die jungen Dinger das Fisting lernen.« Taris war nackt, sein Riemen steinhart.

Melanie und Tatjana hatten die Hände auf dem Rücken verschränkt und die Beine gespreizt.

»Zieh dich aus, ich will dich nackt sehen. Dann steckst du deine Faust in ihre Fotzen.«

Sofort wurde sie feucht im Schritt und zog sich aus.

Die jungen Frauen zitterten leicht. Zum Glück bekam sie etwas Gleitcreme. Zärtlich schmierte sie Tatjanas Schamlippen. Eine Hand unten reingeschoben zu bekommen, war wirklich etwas ganz Besonderes und konnte mehr als nur wehtun. Tatjana zitterte immer mehr, aber Iris' Mitleid hielt sich in Grenzen. Langsam schob sie der dunkelhaarigen Frau einige Finger unten rein.

»Du hast ja gar keinen Spaß«, meinte Taris. »Mir hat das so gut gefallen, dass ich deine Leistung honorieren möchte. Melanie, du kniest dich unter die heiße Iris und machst es ihr lecker mit dem Mund.«

Iris traute ihren Ohren nicht. Was für eine erneute Schweinerei, die sie erdulden musste.

»Spreiz die Beine und fick die junge Maus weiter mit der Hand«, befahl der Clubboss.

Obszön spreizte Iris die Beine, kurz darauf berührten warme Lippen ihre Spalte. Inzwischen steckten vier Finger in Tatjanas junger Kirsche. Jetzt war der entscheidende Moment gekommen. Die reife Blondine steckte ihre ganze Hand in den Körper ihrer Gespielin. Tatjana biss die Zähne zusammen. Sie hatte starke Schmerzen, das war offensichtlich. Iris fand es geil, mit der ganzen Hand im Körper einer Frau zu stecken. Melanie machte es ihr gut, sie begann untenrum auszulaufen.

Taris schaute lustvoll zu. Sein harter Schwanz war nur wenige Zentimeter von ihrem Kopf entfernt. Gierig linste sie auf den harten Hobel, der so nah und doch so fern war.

»Fick sie«, forderte ihr Zuhälter.

Das war für eine Frau die schlimmste Demütigung. Eine Frau mit einer Faust zu ficken, war wirklich pervers. Iris fühlte aber auch eine große Macht. Sie bestimmte, wie sehr Tatjana litt. Langsam bewegte sie ihre Faust. Es war schmutzig. Tatjana seufzte laut. Warme Tropfen der Lust liefen über Iris' Hand.

»Du machst das gut. Dafür bekommst du meinen Riemen.« Er gab ihr das, wonach sie gierte. Langsam schob er seinen Rüssel an ihre Lippen.

Doch als sie sich seinen Rüssel einverleiben wollte, entzog er ihr seinen Stab. »Bettle um meinen Schwanz.«

Wie sie es hasste, wenn sich sie so erniedrigen musste. »Bitte, lass mich dich oral verwöhnen. Ich brauch dich.«

Grinsend schob er ihr seinen Muskel wieder entgegen. Jetzt bekam sie seinen Rüssel. »Ich möchte dir noch mehr Lust schenken. Melanie, steck ihr einen Finger in den Arsch.«

Schon spürte sie einen langen Frauenfinger in ihrem Arsch. Derb wurde sie genommen. Der bittersüße Schmerz war intensiv. Doch Taris' Saft ließ sie diese unangenehme Demütigung vergessen. Seine Hände griffen nach ihren Titten und kneteten ihre fleischigen Hügel. Die Gier nach seinem Samen führte sie weiter über ihre Grenzen. Sie vögelte eine Frau mit der Hand, wurde geleckt, ihr Arsch wurde mit einem Finger gefickt und sie machte es ihrem Zuhälter mit dem Mund. Die Vielzahl an Stimulationen trieb ihre Lust in ungekannte Höhen. Lange würde es nicht mehr dauern.

Ihre Knospen wurden hart gezwirbelt. Dieser Lustkick führte sie auf den Gipfel der Befriedigung. Ihre Erregung verbrannte im Feuer der Lust. Tausende von Glühwürmchen erhellten den Himmel vor ihren geschlossenen Augen und ließen sie diesen Augenblick unglaublich intensiv erleben. Dabei vergaß sie Taris nicht und saugte mit Hingabe an seinem Stab.

Dafür wurde sie mit seinem Samen belohnt.

Von den sieben Tagen waren erst zwei vorbei, also hatte sie noch fünf Tage Lust, Erniedrigung, Schmerz, Bewunderung und Dominanz vor sich.

Wilde Spiele - Ich bin nass für dich

Der Abend war warm. Jeromy saß auf einem Koppelzaun und schaute in den Sonnenuntergang. Eine Staubschicht hatte sich auf seinen Cowboyhut gelegt. Seit drei Monaten arbeitete er auf der Ranch im Mittleren Westen der USA. Er war ein stiller und ruhiger Zeitgenosse. Die Menschen sprachen hier eh nicht viel. Die Arbeit war hart und in den ersten Tagen war er abends wie ein Sack Mehl ins Bett gefallen.

Vor sechs Monaten war er aus Deutschland hierhergezogen. Er schaute auf sein Handy. Immer noch hatte er das Bild »seiner« Kathleen als Hintergrundbild gespeichert. Er liebte sie. Immer noch. Dennoch hatte er mitten in der Nacht das Weite gesucht. Warum war er nur so blöd gewesen, in ihrem Tagebuch zu schnüffeln? Kathleen war seine Traumfrau – liebevoll, sexy und voller Tatendrang. Wenn sie jemand Neues kennenlernte, war sie immer sehr zurückhaltend. Kennengelernt hatten sie sich auf einer Baustelle. Jeromy hatte sich ein Jahr zuvor selbstständig gemacht. Sie war Projektleiterin bei einer großen Baufirma. Zwei Monate und vier Dates hatte er gebraucht, bis sie aufgetaut war. Ein hartes Stück Arbeit, aber es hatte sich gelohnt. Sie waren ein Traumpaar, privat und auch im Job. Nach einem Jahr zogen sie zusammen und er war glücklich. Eines Abends war sie mit ihrer Freundin unterwegs gewesen und hatte ihr Tagebuch offen liegen gelassen. Neugierig schaute er hinein. Sie wollte ihn heiraten und wartete auf seinen Antrag. Das berührte ihn zutiefst, schockierte ihn aber auch. Zwei Tage kämpfte er mit sich, bis er schließlich das große Flattern bekam. Jeromy buchte ein One-way-Ticket in die USA und ergriff die Flucht. Er wollte den Kopf freibekommen, was auch nötig war.

Er besaß nichts, außer den Sachen, die er am Leib trug. In diesem Gebiet der USA war man stehen geblieben, besonders auf der Ranch, auf der er arbeitete. Es gab keinen Fernseher, kein Radio und kein WLAN.

Neugierig scrollte er durch die Nachrichten aus Deutschland. Pietro Landsmann hatte sich in Kathleen Damasch verliebt. Er bekam riesige Augen. »Seine« Kathleen? Sofort öffnete er den Bericht mit Bild und schluckte. Sie war es. Pietro Landsmann kannte er aus dem TV. Ein Schönling, der an diversen Castingshows teilgenommen hatte. Immer trug der Idiot eine Basketballkappe und machte dabei Werbung für seine eigene Homepage. Was für ein arrogantes Arschloch. Das Bild zeigte das Paar bei der Premiere eines Films. Sie trug ein sexy pinkfarbenes Kleid, er einen schwarzen Anzug und natürlich seine beschissene Kappe. Jeromy schäumte vor Wut. Er hing immer noch an ihr. Wieder musste er eine Entscheidung treffen.

***

Um vier Uhr in der Früh klopfte er an die Tür seines Chefs, der schlaftrunken die Tür öffnete. Sam war ein cooler Typ, der vor mehr als vierzig Jahren ausgewandert war. Er sprach noch ganz gut Deutsch, auch wenn er einen harten amerikanischen Akzent angenommen hatte.

»Was ist los? Stimmt was nicht mit den Pferden?«, fragte Sam.

»Ich muss zurück nach Deutschland. Es ist wichtig«, stotterte er.

»Das Mädchen?«, fragte sein Boss. »Dann hol sie dir. Hier hast du fünfhundert Dollar. Insgesamt schulde ich dir achttausend.«

»Sir, das ist viel zu viel.«

»Keine Widerrede. Hier sind meine Autoschlüssel. Stell den Wagen am Flughafen ab, einer meiner Leute wird ihn abholen. Ich drücke dir die Daumen.«

»Sam, du bist in Ordnung.«

Die Männer gaben sich die Hand und Jeromy machte sich auf den Weg.

***

Drei Stunden später saß er im Flieger nach Deutschland. Immer wieder schaute er sich das Bild von Kathleen an. Sie sah so was von sexy aus. Richtig glücklich. Es würde schwer werden, sie zurückzugewinnen, aber er wollte sie. Nur sie.

***

In Deutschland angekommen, musste er erst einmal klären, wo er schlafen konnte. Fürs Erste nahm er sich ein Hotelzimmer. Toll war das Zimmer nicht, aber günstig.

Jetzt war die große Frage, wie er ihr Herz wiedererobern konnte. Einfach Hallo zu sagen, wäre wohl nicht wirklich passend. Es musste etwas anderes her. Sie anrufen? Nein, zu unpersönlich.

Lustlos blätterte er in einer Tageszeitung. Als er beim Stellenmarkt angekommen war, schlug er sich auf den Oberschenkel. War das die Möglichkeit? Kathleens Arbeitgeber suchte einen Projektbegleiter. Genau sein Fachgebiet. Den Ansprechpartner, der in der Anzeige genannt wurde, kannte er sogar persönlich. Ohne lange zu überlegen, griff er zum Handy und rief den Mann an.

»Scherzing«, meldete sich eine tiefe Stimme.

»Guten Tag, Herr Scherzing. Hier spricht Jeromy Schneider. Wir kennen uns vom Hochhausprojekt in der Ulmenstraße.«

Am anderen Ende der Leitung herrschte für einige Augenblicke Stille. Jeromys Herz schlug ihm bis zum Hals.

»Ja, jetzt fällt es mir wieder ein. Meine Güte, was war das für eine harte Nuss. Was kann ich für Sie tun?«

Die Stimme klang gleich viel freundlicher. Jeromy erklärte sein Anliegen. Dabei ließ er einige Dinge weg, schmückte andere aus. Nach einer Viertelstunde hatte er den Job. Schon am nächsten Morgen konnte er anfangen. Er freute sich sehr und kaufte sich für den Job Anzug, Krawatte, ein weißes Hemd und Lederschuhe.

***

Herr Scherzing begrüßte ihn am nächsten Tag freundlich und zeigte ihm alles. Es war dasselbe Gebäude, in dem auch Kathleen arbeitete. Sie würden sich also irgendwann über den Weg laufen. Hoffentlich früher als später.

Der erste Tag war für ihn so anstrengend, dass er am Abend gleich ins Bett fiel. Was ihn glücklich machte, war die Tatsache, dass er seinen Job nicht verlernt hatte. Auch wenn er erst ein halbes Jahr raus war, fühlte er sich besser, da er die Bestätigung hatte.

Sein Plan für Kathleen war relativ einfach. Es gab keinen. Jede Idee, die er bezüglich ihres Wiedersehens hatte, verwarf er ebenso schnell wieder. Er wollte ihr so viel sagen, aber wie?

Jeden Abend saß er an seinem Rechner und tippte einen Brief nach dem anderen, schickte aber keinen ab.

***

An einem frühen Morgen zwei Tage später passierte es. Er war früh im Büro und gerade auf dem Weg zur Teeküche, als er ihr auf dem Flur begegnete. Sofort war das Gefühl wieder da, das er immer in ihrer Nähe spürte.

Ihr fiel alles aus dem Gesicht und sie ließ ihre Unterlagen fallen.

»Kathleen«, flüsterte er.

»Was machst du hier?«, fragte sie und ging in die Knie.

Sein Blick fiel auf ihre braun gebrannten Schenkel, die in dem gelben Minirock so richtig sexy zur Geltung kamen. Er kniete sich zu ihr und wollte ihr helfen, doch sie schaute ihn bitterböse an. Ihre Beine waren leicht gespreizt und er konnte ihren schwarzen String sehen.

Sie bemerkte seinen Blick. »Wie kann man nur so ein erbärmliches Schwein sein. Lässt mich sitzen und glotzt mir bei der ersten Begegnung zwischen die Beine. Du kannst mich mal.«

»Kathleen, ich kann ja verstehen, dass du sauer bist. Es ist aber alles anders, als es aussieht.«

»Witzig. Interessiert mich auch nicht mehr. Ich bin jetzt mit Pietro zusammen. Ein toller Typ. Ein Gutes hatte dein Verschwinden für mich. Mein jetziger Freund ist viel einfühlsamer als du.«

Auch wenn er mit so einer Reaktion gerechnet hatte, schockte sie ihn doch. Wie sie ihn anschaute, mit so viel Gift im Blick. Wütend stapfte sie davon.

Den Tag konnte er vergessen. Immer wieder dachte er an ihre wunderschönen blauen Augen, die ihm so sehr gefielen.

Die Nacht war gruselig. Er träumte von ihr und Pietro. Er hatte kein gutes Gefühl bei dem Kerl, aber sie gehörte zu ihm. Punkt.

***

Am nächsten Morgen war er wieder früh im Büro. Mittlerweile fand er sich gut zurecht. Von seinem Büro aus hatte er einen guten Blick auf den Parkplatz. Kathleen war früher immer um sieben Uhr dreißig im Büro gewesen. Daran hatte sich offenbar auch nichts geändert.

Es war kurz vor halb acht. Er schaute zur Uhr und dann wieder auf den Parkplatz.

Um acht Uhr stand er nervös vor ihrem Vorzimmer. Auch an der Vorzimmerkraft Frau Ludwig hatte sich nichts geändert.

Die schon etwas ältere Dame hatte die Tür offen. »Herr Schneider, sie ist noch nicht da.«

»Wie kann das sein? Sie ist schon eine halbe Stunde überfällig. Hat sie angerufen? Wir müssen was unternehmen. Am besten, Sie rufen die Polizei und ich fahre hin«, brüllte er so laut, dass die ganze Etage mithören konnte.

»Ich weiß nicht«, stotterte die reife Lady, die über seine Reaktion sichtlich geschockt war.

»Wenn ihr was passiert! Das könnte ich mir nicht verzeihen.

Es hilft nichts, ich rufe jetzt die Polizei. Meine Güte, was ist, wenn sie Hilfe braucht?«

In dem Moment kam Kathleen um die Ecke. »Guten Morgen, Frau Ludwig. Sie?« Ihre Worte waren kühl und abweisend.

Was meinte sie mit *Sie*? Seine Hände schwitzten. Hatte sie was mitbekommen? »Ich wollte nur nach dir sehen«, sagte er.

»Herr Schneider, Sie haben nicht nach mir zu sehen. Frau Ludwig, mit sofortiger Wirkung verbiete ich Ihnen, mit Herrn Schneider zu sprechen und ihm Auskünfte über mich zu geben. Herr Schneider? Auf ein Wort.« Sie ging in ihr Büro.

Sein Blick fiel auf ihr kurzes weißes Kleid, das nur bedingt blickdicht war. Er sah ihren sexy Spitzenstring.

Kathleen schloss die Tür hinter sich und ließ sich in ihren hohen Lederstuhl plumpsen. »Meine Beine muss ich ja nicht mehr übereinanderschlagen. Du hast meinen String sicher schon gesehen. Was willst du noch von mir?«, fragte sie und formte ihre Hände zu einer Pyramide.

»Ja, ist jetzt nicht so gelaufen. Du fehlst mir.«

Sie lachte höhnisch. »Zwei Sätze, ist das deine beschissene Erklärung? Ich habe wegen dir geheult.«

»Ja, ich habe Mist gebaut. Aber ich bin zurück, weil ich dich wiederhaben will.«

Sie stand auf und zog ihren String aus. »Hier, mein Abschiedsgeschenk. Ich werde prüfen lassen, ob du eine Probezeit hast. Wenn ja, wirst du sie niemals schaffen. Du wirst dir wünschen, nie wieder einen Fuß in dieses Haus gesetzt zu haben.«

»Darf ich das Teil behalten?«, fragte er leise.

»Ich glaube es nicht. Ich sage dir gerade, dass du hier keine Zukunft hast, und dich interessiert nur mein String? Was bist du nur für ein erbärmliches Arschloch.«

»Schau dir doch mal diesen Lackaffen an. Pietro. Was ist das für ein Name? Aus einer brasilianischen Telenovela?«

»Du hast keine Ahnung, wie liebevoll er zu mir ist. Letzte Nacht hat er mich drei Mal glücklich gemacht.«

Jeromy schluckte. Er schaute auf ihren String und roch daran. »Stimmt nicht. Der String riecht nach dir. Nur nach dir.«

»Raus!«, brüllte sie.

Wenige Augenblicke später saß er in seinem Büro und hielt ihre sexy Unterwäsche in Händen. Sie roch gut, so wie früher. Seine Latte stand wie eine Eins. Sagte man nicht, wenn man jemanden gut riechen kann, dann ist es der Partner fürs Leben? Jetzt war sie nackt unter ihrem Kleid, was ihn noch mehr erregte. Ihre Perle war also ungeschützt und wartete nur auf ihn.

Eine Stunde später trafen sie sich vor den Toiletten. Wie bei einem Frontalzusammenstoß zweier Autos standen sie sich gegenüber und schauten sich an. Es knisterte, und zwar gewaltig. Trug sie keinen BH?

»Ich kann deine Knospen sehen«, flüsterte er.

»Weiß ich.«

Wieder sprachen sie mit ihren Augen. Wie sie ihn anschaute, war Sex pur. Lüstern leckte sie sich über die Lippen. »Bist du geil auf mich?« Sie hauchte diese Worte nur.

Natürlich war er erregt. Wieder musterte er ihre sexy Beine. Ihre Schenkel waren stramm und so sexy. »Ich habe deinen String in der Tasche.«

»Schon draufgewichst?« Sie wartete seine Antwort nicht ab, sondern griff nach seiner Hand. Was Kathleen wollte, war klar – Sex.

Die Tür des Damen-WC schloss sich hinter ihnen und sie fielen wie ausgehungert übereinander her. Ihre Hände streichelten über seine Wangen, während ihre Zungen leidenschaftlich miteinander spielten.

Er hob sie hoch und setzte sie auf ein Waschbecken.

»Wenn es bricht«, warnte sie und küsste ihn leidenschaftlich.

»Kann es nicht. Es ist mit extra dicken Verbindungsschrauben befestigt«, hauchte er und drückte ihre Schenkel auseinander.

Sie öffnete den Schlitz seiner Hose und befreite seinen harten Lümmel. »Es muss schnell gehen«, hauchte sie. Sie wichste ihn kurz und lehnte sich zurück.

Kathleen bot ihm ihren Schlitz an. Er war da, wo er hinwollte. Voller Lust nahm er sie und erkundete ihre Perle. Es fühlte sich fantastisch an.

Laut stöhnend schaute er auf ihre Titten. Zwei reife Pflaumen mit harten Knospen lächelten ihn an. »Sie freuen sich auch«, stellte er fest.

»Wie ich spüren darf, du dich auch«, meinte sie grinsend.

Ja, sie hatte recht. Langsam nahm er sie. Er wollte nicht so schnell kommen.

»Wenn du weiter so langsam machst, dann werden wir erwischt. Fick mich.«

»Ich will nicht kommen«, stöhnte er.

»Du musst aber.«

Sie hatte recht. Er wurde schneller.

Während er sie rhythmisch fickte, stöhnte sie. Jetzt hatte sie ihre Antennen zur vollen Größe ausgefahren. Ihre Perle war so schön und herrlich feucht. Er schob ihr Kleid nach oben.

»Willst du sie sehen?«, fragte sie grinsend.

Er sagte nichts und drückte seine Lippen auf ihren Mund. Sie molk ihn, indem sie ihr Becken zusammenzog. Geil. Seine Sahne drohte schon, steif zu werden. Kurz darauf kam er in ihr und flutete sie.

»Ja, spritz mich voll«, grunzte sie und verdrehte die Augen. Ihr sexy Körper zuckte.

Lange pulsierte er in ihrer süßen Blume. »Das war schön«, seufzte er.

»Jeromy, es war okay. Nicht mehr. Wir sind kein Paar.«

»Was war das eben?«, fragte er leicht verärgert.

»Es war nichts. Ich muss jetzt los. Es bleibt dabei. Meine Vorzimmerdame hat ihre Anweisung. Noch etwas: Ich diskutiere mit dir nicht darüber. Würdest du jetzt bitte gehen? Ich möchte mich frisch machen. Danke.«

»Kathleen, wir können nicht miteinander schlafen und dann so tun, als würden wir nichts füreinander fühlen. Ist doch scheiße.«

»Meine Entscheidung ist gefallen. Ich bin glücklich.«

Er schüttelte den Kopf und ließ sie allein. Was blieb ihm auch anderes übrig? Mitten in der Damentoilette konnte er schlecht eine Diskussion beginnen. Was sollte er jetzt tun? Sie war die Liebe seines Lebens. Punkt.

Als er wieder in seinem Büro saß, näherten sich Schritte. Kurz darauf streckte Herr Scherzing seinen Kopf durch die Tür.

»Huhu, Herr Schneider. Sie legen aber los. Respekt! Hätte ich nicht mit gerechnet. Frau Damasch hat mich angesprochen. Sie braucht noch einen Controller für eines ihrer Projekte. Ich hab zwar nicht so ganz verstanden, warum sie jemanden braucht, aber sie hat explizit nach Ihnen gefragt. Wenn Sie noch Kapazitäten frei haben, können Sie den Job haben. Wir würden dafür die Probezeit früher beenden. Was soll ich Frau Damasch sagen?«

Sein Herz jubelte. Hatte sich sein Schwanzeinsatz doch gelohnt. »Sagen Sie gern zu. Ich nehme Kontakt zu ihr auf.«

»Das ist ein Wort. Gut, dann werde ich die Buchhaltung informieren. In den nächsten Tagen bekommen Sie die Bestätigung. Wir sehen uns.«

Hatte sie sich also für ihn eingesetzt. Sofort eilte er zu Kathleen.

»Ich möchte zu Kathleen«, sagte er.

Frau Ludwig lächelte ihn an. »Tut mir leid, aber sie ist nicht da.«

Er schluckte. »Wie bitte? Sie wissen nicht, wo sie ist? Was ist, wenn ihr etwas passiert ist? Wir müssen die Polizei rufen.«

»Warten Sie bitte.« Die Vorzimmerkraft holte ein Diktiergerät aus der Schublade und drückte den Play-Knopf.

»Guten Tag, Herr Schneider. Wenn Sie diese Nachricht hören, scheinen Sie wieder durchgedreht zu sein. Es geht mir gut. Ich treffe mich mit meinem Freund. Wenn es etwas Wichtiges gibt, dann schreiben Sie mir eine E-Mail.«

Er schaute Frau Ludwig an. »Sie wissen um unsere Situation?«, fragte er leise.

»Ich weiß, Sie machen sich Sorgen. Es geht mich nichts an, aber meine Chefin würde sich kaum von Ihnen vögeln lassen, wenn sie nicht viel für Sie fühlen würde. Lassen Sie ihr Zeit und sie wird für Sie da sein. Übrigens, ich bin auf Ihrer Seite. Wenn Sie wissen wollen, wo sie ist, werde ich jetzt zufällig ihren Kalender offen liegen lassen und kurz den Raum verlassen.«

»Sie sind ein Schatz.«

»Mache ich gern, aber Sie verarschen meine Chefin nicht noch einmal.«

Frau Ludwig stand auf und er warf einen Blick in ihren Kalender. Kathleen war also bei einem Empfang für Führungskräfte. Erfahrungen, Austausch und Verbindungen knüpfen für Menschen mit Verantwortung. Da war er doch genau richtig. Die Adresse stand gleich dabei. Jetzt wusste er, wo er hinmusste.

Schnell packte er seine Sachen, machte sich auf den Weg und kam schon bald am Ziel an – einem großen gläsernen Bürogebäude, das er von früheren Terminen her kannte. Es erinnerte an die Wolkenkratzer in den USA.

Auf dem Weg überlegte er, wie er sich jetzt verhalten sollte. Er glaubte nicht, dass Kathleen mit ihrem Freund unterwegs war. Sie fühlte etwas für ihn, sonst hätte sie die Beine nicht breitgemacht. Und sie fehlte ihm jeden Augenblick mehr. Sie war wichtig für ihn, sehr wichtig. Aber sollte er ihr das ehrlich sagen? Er war unsicher.

Nachdem er einen Parkplatz ergattert hatte, ging er entschlossen auf den Wolkenkratzer zu. Am Eingangsbereich begrüßte ihn der Mitarbeiter einer privaten Sicherheitsfirma.

Jeromy freute sich. »Hendrik, du bist noch hier«, begrüßte er den jungen Mann, der hinter einem Tresen saß und sechs Monitore vor sich hatte.

»Jeromy! Wir haben uns ja schon lange nicht mehr gesehen. Gut siehst du aus. Schön braun gebrannt.«

»Danke. Sag mal – bei euch findet doch der Empfang für die Führungskräfte statt. Kannst du mir sagen, wo ich hinmuss?«, fragte er so freundlich, wie er nur konnte.

»Hast du eine Einladung? Ich habe strenge Anweisung, niemanden ohne Einladung durchzulassen.«

»Ach, komm schon ... Ich muss zu einer Frau. Es ist wichtig.«

Hendrik wiegte den Kopf hin und her. »Es geht nicht.«

Jeromy zückte eine Dollarnote. »Ich weiß doch, wie sehr du ausländisches Geld magst. Sammelst du es nicht auch?«

Jetzt kam ihm wieder zugute, dass er seinen Prinzipien treu geblieben war: Stell dich mit den Reinigungsfrauen, Hausmeistern und Wachleuten gut. Irgendwann mal wirst du ihre Hilfe brauchen.

»Stimmt, jetzt, wo ich genau darüber nachdenke, hast du mir glaubhaft erklärt, dass du deine Einladung zu Hause vergessen hast. Nimm den Fahrstuhl, ist ganz oben auf der Dachterrasse. Drück auf den obersten Knopf.«

»Danke.« Jeromy griff noch einmal in seine Tasche und reichte ihm zwei weitere Dollarnoten.

Hendrik grinste wie ein Honigkuchenpferd.

Mit schnellen Schritten erreichte Jeromy den Fahrstuhl, zwei Sekunden später fuhr er nach oben. Ein wenig nervös war er schon. Als sich die Tür öffnete, raste sein Puls. Sofort scannte er die Umgebung. Auf der Dachterrasse war er bisher noch nicht gewesen. Sie war riesig und erstreckte sich über die gesamte Fläche des Daches. Es gab reichlich Sitzgelegenheiten und Stehtische, dazwischen einige Grünpflanzen. Ein Büfett war aufgebaut.

Die Veranstaltung war gut besucht. Viele ältere Herren – wie er in Anzug und Krawatte – sprachen miteinander. Dazu kamen viele gut aussehende Frauen in teilweise sexy Kleidern. Jeromy schaute sich auf der Suche nach Kathleen um. Dann erblickte er sie. Sie trug ein sexy kurzes weißes Kleid mit einem Faltenrock. Es erinnerte ihn an die Erotikfilme der Siebzigerjahre. Der Unterteil ihres Kleids passte perfekt in die frivolen Kulissen der Filme, die damals angeblich nie jemand gesehen hatte, und doch sprach jeder darüber. Der Ausschnitt ihres Kleides war ein Traum, er reichte fast bis zu ihrem Bauchnabel. Ihre Hupen waren nur von einem muschelförmigen Stück Stoff bedeckt.

Er wollte sie überraschen und versteckte sich hinter einem Kellner. Sie sah so was von sexy aus. Ein Traum. Er näherte sich ihrem heißen Körper von hinten und wollte sie gerade ansprechen, da sagte sie, ohne ihn anzuschauen:

»Du kommst spät. Ich dachte, der Jäger hätte schon seine Flinte ins Korn geworfen.«

Sie kannte ihn gut. Respekt.

»Du siehst bezaubernd aus.«

»Lass den Scheiß. Du willst doch nur wissen, was ich drunter anhabe. Einen BH kann ich bei diesem Kleid ja nicht tragen.«

Ihre sündigen Worte geilten ihn maßlos auf.

»Meine lieben Gäste. Kommen Sie doch bitte alle etwas näher«, schallte es über die Terrasse.

Wie Bienen, die in ihren Stock flogen, versammelten sich die Gäste um die kleine aufgebaute Bühne. Auch hier spielte ihm die Situation in die Karten. Er drängte sich an Kathleens ultraheißen Körper.

»Kannst du bitte aufhören, dich an mir zu scheuern? Ich bin keine Eiche und du kein Wildschwein. Ich möchte dem Gastgeber zuhören.«

»Jetzt hör schon auf zu zicken. Ich bin geil und stehe dazu.«

Er spürte ihre Hand an seinem Schwanz.

»Ist noch nicht hart genug – und überhaupt? Sei froh, dass ich dich überhaupt rangelassen habe. Ich hatte mir geschworen, dich fertigzumachen.«

»Sicher, und deswegen hast du mich angefordert. Jetzt hör mal auf mit der Scheiße. Wir gehören zusammen. Der Cowboy hat seine Lady gefunden.«

»Warst du wirklich drüben?«, fragte sie.

Er grinste. Sie hatte es nicht vergessen. Vor fast einem Jahr hatte er ihr mal erzählt, wie gern er in die USA reisen würde. Seine Lust wurde dadurch noch weiter gesteigert und er fasste ihr an die Hüfte.

»Lustmolch«, hauchte sie.

Was für ein passendes Stichwort. Kurz schaute er sich um. Die Leute um sie herum lauschten dem Redner und achteten nicht auf das Duo. Das war gut. Zärtlich streichelte er über die Innenseiten ihrer Schenkel, was sie zusammenzucken ließ. Ihre Haut war so was von weich. Herrlich. Er verharrte auf einer Stelle und streichelte sie weiter. Kurze Zeit später wurde ihr Atem unruhig. So zärtlich und doch fordernd wie möglich streichelte er ihre Haut.

»Du musst aufhören. Ich habe nichts drunter«, seufzte sie.

Was für eine Steilvorlage. Er grinste. Sein Schwanz wurde immer härter. »Mich interessiert es einen Scheiß, ob du einen Slip trägst oder nicht.« Fast schon brutal griff er ihr hemmungslos zwischen die Beine. Das süße Luder war feucht. »Wasserrohr gebrochen? Gefällt mir.«

Bevor sie antworten konnte, drückte er seine Fingerkuppe gegen ihre Schamlippen.

Kathleen drückte ihre Oberschenkel zusammen. »Bitte nicht reinstecken. Sonst bin ich zu geil, um der Rede zu folgen.«

Er spürte ihre Feuchtigkeit und spielte weiter mit ihr. Er deutete an und tat es dann doch nicht. Wie Wassertropfen, die an einem Fenster herabliefen, benetzte ihre Perle seine Finger. Ihre Lust geilte ihn noch mehr auf. Wieder drückte er die Kuppe seines Mittelfingers gegen ihre Möse, dann drang er ein. Kathleen zitterte.

»Warm, feucht und eng. Was ist das? Deine Pussy, die mir gehört«, hauchte er ihr ins Ohr.

»Du bist so ein perverses Schwein. Fickst mich in aller Öffentlichkeit.«

Langsam bewegte er seinen Finger in ihrer Spalte.

»Du weißt schon, was man zu einem ausgestreckten Mittelfinger sagt?«, fragte sie erregt.

»Ich orientiere mich an der Länge der Finger. Je länger er ist, umso tiefer stecke ich in dir.« Dann rammte er ihr seinen Finger so tief er konnte unten rein. Jetzt zuckte sie extrem und lief förmlich aus. Es war so geil, sie vor einer Horde Menschen zu ficken, die nicht einmal im Ansatz ahnten, dass die attraktivste Frau in ihrer Mitte gerade mit einem Finger gebumst wurde.

Er trieb sie vor sich her. »Spreiz deine Beine. Ich will Platz beim Bumsen haben.«

»Du bist so ein Schwein.« Dennoch folgte sie seiner Bitte. Sie gab ihre schönste Öffnung frei. Massen an Lust tropften über ihre Schenkel. Er spürte ihre Hand an seiner Hose. Hart packte sie zu und drückte seinen Rüssel zusammen.

Seine Geilheit explodierte. »Ich kann es kaum erwarten, meinen harten Schwanz in deiner nassen Grotte zu versenken. Wenn ich spritze, dann stelle ich mir vor, wie ich dich dick mache. Im achten Monat wirst du dann nur mit einem winzigen String einen heißen Lapdance für mich machen. Dabei werde ich genüsslich meinen Rüssel wichsen. Wenn du mich genug erregt hast, werde ich dich geil von hinten knallen und dir meine Soße reinpumpen, dabei knete ich deine Milchbar.«

Während er Kathleen und sich selbst aufgeilte, fickte er ihre nasse Spalte weiter mit seinem Finger.

Leise seufzend packte sie ihn am Arm und schob ihn durch die Menschentraube zum Treppenhaus. Kaum war die schwere Feuerschutztür ins Schloss gefallen, umfasste sie schon seinen Hals und schlang ihre Beine um sein Becken.

Zum Glück hatte er den Reißverschluss seiner Hose bereits aufgemacht. Er stieß zu und hoffte, sie zu treffen. Sein Stab wurde von einer warmen feuchten Wand umschlungen.

»Da hat aber jemand großes Glück gehabt und gleich getroffen«, meinte sie grinsend und gab ihm einen dicken Kuss.

Nie in seinem Leben hatte er eine Frau gehabt, die besser küssen konnte als Kathleen. Sie küsste nicht, sie zelebrierte durch ihre Küsse eine neue Form der Lust.

Das Paar taumelte im Strudel der Liebe und gab sich seinen Trieben hin. Mit ganzer Kraft drückte er sie gegen die Wand und stieß hart in ihren knackigen Körper.

»Du bist viel größer geworden«, stellte sie fest und schloss die Augen. Wie ein Affe klammerte sie sich an ihn und war ihm damit ausgeliefert.

Die wilden Küsse befriedigten die Sehnsucht in ihm. »Ich habe dich vermisst«, presste er zwischen zwei harten Stößen heraus.

»Jetzt, wo du es mir noch mal ganz genau sagst, fällt es mir auch auf«, meinte sie lachend.

Sie liebten, küssten und vereinigten sich. Er war wieder da. Es fühlte sich an, als wäre er nie wirklich weg gewesen. Langsam penetrierte er sie weiter, doch die Gier nach ihrem Fleisch war noch lange nicht gestillt. Er hielt sie weiter fest, dabei drückten sich seine Hände in ihre heißen Arschbacken. Warme Lust lief über ihren Arsch und seine Hände. Er war fast so weit.

»Schau mir in die Augen. Ich komme«, stöhnte sie.

Er schaute tief in ihre smaragdgrünen Augen und stieß sie voller Lust. Es war magisch. Man sagte, wenn eine Frau kam und ihr Lover ihr dabei in die Augen schaute, dann verschmolzen ihre Herzen. Schon einige Male hatte er davon gehört, es aber noch nie erlebt.

»Schatz, es gibt eine Legende, die mir drüben erzählt wurde. Wenn ein Paar sich beim Höhepunkt anschaut, dann verschmelzen sie.«

Sie schaute ihn an und lächelte. Ihr Körper zuckte bei jedem seiner Stöße. Mit intensiven Beckenbewegungen fickte er sie. Kathleen biss sich auf die Lippe und stöhnte leise. Beide schauten sich weiterhin in die Augen.

»Ich sehe Millionen von Sternenschnuppen in deinen Pupillen.«

Sie seufzte und klammerte sich noch stärker an seinen Körper. Jetzt presste sie ihren Unterleib zusammen. Der Druck auf seine Eier wurde stärker und stärker. Als würde sie ihn auspressen, zwang sie ihn förmlich, zu kommen.

»Es ist so schön in dir«, seufzte er.

»Wenn du mir versprichst, dass du so einen Scheiß nie wieder machst, dann bekommst du ein Daueraufenthaltsrecht.«

»Für dein Leben, für deine Perle oder um eine Familie zu gründen?«

»Du kannst Fragen stellen. Für alles. Und jetzt fick deine Frau dick.«

Die Würfel waren gefallen. Weiter und weiter stieß er mit Genuss zu. Der Damm der Lust brach und er begann, seine Lust zu verströmen. Laut stöhnend pinselte er sie. Der Gedanke an eine Familie ließ ihn noch mehr Samen verströmen.

»Meine Güte, ich bin doch keine Spermabox, die beliebig viel Saft aufnehmen kann«, kommentierte sie die Menge seiner Soße.

Eng umschlungen verließ das Paar das imposante Bürogebäude. Am Eingang liefen sie Hendrik über den Weg, der vielsagend lächelte. Jeromy zwinkerte ihm zu.

Am Abend feierte das Paar ihre Versöhnung, die Verlobung und ihre Liebe.